RETROUVEZ Le **Club** des **Cinq**
DANS LA BIBLIOTHÈQUE ROSE

Le Club des Cinq
La boussole du Club des Cinq
Le Club des Cinq en péril
Le Club des Cinq et le coffre aux merveilles
Le Club des Cinq et les gitans
Le Club des Cinq et les papillons
Le Club des Cinq et les saltimbanques
Le Club des Cinq et le trésor de l'île
Le Club des Cinq joue et gagne
Le Club des Cinq se distingue
Le Club des Cinq va camper
Enlèvement au Club des Cinq
Les Cinq et le trésor de Roquépine
La locomotive du Club des Cinq
Les Cinq à la télévision
Les Cinq dans la cité secrète
Les Cinq se mettent en quatre

Enid Blyton

Le Club des Cinq
va camper

Illustrations de Jean Sidobre

HACHETTE

L'ÉDITION ORIGINALE DE CET OUVRAGE
A PARU EN LANGUE ANGLAISE
CHEZ HODDER & STOUGHTON, LONDRES,
SOUS LE TITRE :

FIVE GO OFF CAMP

© Enid Blyton Ltd
La signature d'Enid Blyton est une marque déposée
qui appartient à Enid Blyton Ltd. Tous droits réservés.

© Hachette Livre, 1977, 1989 , 2000.

Hachette Livre, 43, quai de Grenelle, 75015 Paris.

Chapitre 1

Vacances !

« Deux belles tentes, quatre bâches, quatre sacs de couchage. Dites donc, et Dagobert ? Est-ce qu'il lui faudra aussi un sac de couchage ? » demanda Mick en riant de toutes ses dents.

Les trois autres enfants s'esclaffèrent, et Dagobert, le chien, frappa le sol avec sa queue...

« Regardez-le, dit Claude, il rit aussi. Sa bouche est ouverte jusqu'aux oreilles. »

Tous regardèrent Dagobert. On aurait juré, en effet, qu'un sourire distendait sa gueule velue.

« C'est un amour, dit Annie en le prenant dans ses bras, le meilleur chien du monde, n'est-ce pas, mon vieux Dago ?

— Ouah, ouah ! » fit Dagobert, et pour montrer à Annie qu'il était tout à fait de son avis, il lui donna un grand coup de langue sur le nez.

Les quatre enfants, François, grand et fort pour son âge, Michel, qu'on appelait souvent

Mick, Claude et Annie, étaient en train d'organiser un campement pour les vacances. Claude était une fille, non un garçon ; elle portait en réalité le nom de Claudine, mais quand on le lui donnait, elle refusait de répondre. Avec son visage plein de taches de rousseur, ses courts cheveux bouclés, elle ressemblait vraiment beaucoup plus à un garçon qu'à une fille.

« C'est rudement chic d'avoir la permission de camper pendant toutes les vacances, rien que nous ! s'écria Michel. Je ne croyais jamais que nos parents nous donneraient la permission après l'aventure terrible que nous avons eue l'été dernier, quand nous sommes partis en roulotte [1].

— Mais, nous ne serons pas vraiment seuls, protesta Annie. N'oublie pas que M. Clément sera là pour nous surveiller. Il campera tout près de nous.

— Oh ! M. Clément ! s'écria Mick en riant. Il ne nous gênera pas beaucoup. Il sera bien trop occupé par ses chers insectes pour être tout le temps sur notre dos.

— En tout cas, s'il n'avait pas décidé de camper lui aussi, nous n'aurions pas obtenu la permission, déclara Annie ; j'ai entendu papa qui le disait. »

M. Clément était professeur de sciences naturelles au C.E.S. des garçons ; c'était un homme d'un certain âge, rêveur et distrait, pour qui l'étude des insectes était devenue une passion. Annie passait d'un autre côté quand elle l'apercevait, chargé de ses boîtes pleines de spécimens ; quelquefois, en effet, des chenilles s'en échap-

---

1. Voir *Le Club des Cinq en vacances*.

paient. Les garçons l'aimaient et le trouvaient très amusant, mais l'idée que M. Clément serait chargé de les surveiller leur paraissait d'un comique achevé.

« C'est probablement nous qui serons obligés d'avoir l'œil sur lui, dit François. Il y a des gens à qui arrivent toutes sortes de mésaventures ; il en fait partie. Vous verrez que sa tente dégringolera à chaque instant ; il oubliera de faire provision d'eau, ou bien il s'assoira sur ses œufs. Ce brave M. Clément vit dans le monde des insectes, pas dans le nôtre.

— Qu'il vive dans le monde des insectes tant qu'il voudra, pourvu qu'il nous laisse tranquilles ! » s'écria Claude qui avait des idées bien à elle sur la liberté. « Quelles vacances formidables ! Dire que nous allons vivre sous la tente, en pleine campagne, loin de tout le monde, et que nous pourrons faire ce que nous voudrons sans personne pour nous donner des ordres ! C'est presque trop beau pour être vrai.

— Ouah, ouah ! approuva Dagobert en agitant la queue.

— Il est content, lui aussi, à l'idée d'être libre, remarqua Annie. Tu vas en poursuivre des lapins, n'est-ce pas, Dago ? Et avec toi nous ne risquerons rien ; tu aboieras si fort que personne n'osera passer près de notre camp.

— Tais-toi une minute, Annie, dit Mick en brandissant la feuille de papier qu'il tenait. Finissons de vérifier notre liste pour voir si nous n'oublions rien. Bon, où en étais-je ? Ah ! oui... quatre sacs de couchage.

— Tu voulais savoir si Dagobert en aurait un, dit Annie qui se mit à rire.

7

« — Bien sûr que non, dit Claude. Il couchera à sa place habituelle, n'est-ce pas, Dagobert ? Sur mes pieds.

— Est-ce que nous ne pourrions pas lui acheter un petit sac de couchage ? demanda Annie. Il serait mignon tout plein avec sa tête ébouriffée qui sortirait.

— Dagobert ne veut pas être mignon, dit Claude. Continue, Mick. Si Annie t'interrompt de nouveau, je la bâillonne avec mon mouchoir. »

Mick se remit à lire la liste. C'était palpitant. Un camping-gaz, des seaux de toile, des assiettes en matière plastique y figuraient et chaque objet donnait lieu à une discussion animée ; les quatre enfants étaient heureux comme des rois.

« Les préparatifs sont aussi amusants que les vacances, conclut Mick. Je crois que nous n'avons rien oublié.

— Non, nous emportons probablement trop de choses, remarqua François ; heureusement, M. Clément a dit qu'il empilerait nos bagages dans la remorque de sa voiture. Si nous partions avec tout ce barda sur le dos, nous n'irions pas loin.

— Oh ! qu'il me tarde d'être à la semaine prochaine ! s'écria Annie. Je me demande pourquoi le temps paraît si long en attendant le départ et si court pendant les vacances ?

— Oui, il vaudrait mieux que ce soit le contraire, convint Mick en riant. Qui a la carte ? Je voudrais encore jeter un coup d'œil sur l'endroit où nous allons. »

François sortit une carte de sa poche, la déplia et l'étala sur le tapis ; les quatre enfants s'assirent tout autour. Sur la carte figurait un plateau très vaste et très isolé, avec quelques rares maisons éparpillées çà et là.

« Les habitants ne sont pas nombreux, dit François en montrant l'une d'elles ; on ne peut pas cultiver grand-chose sur cette terre qui est fort aride. Voici l'endroit où nous allons et, pas très loin, il y a une ferme où nous achèterons du lait, des œufs, du beurre, quand nous en aurons besoin. Clément est déjà monté là-haut ; il dit que la ferme est petite, mais très utile aux campeurs.

— Ce plateau est rudement haut, dit Claude. Il doit y faire un froid de loup en hiver.

— Oui, dit François, et même l'été quand le vent souffle. Clément nous a conseillé de prendre des lainages ; il paraît que l'hiver tout est blanc de neige ; quand les moutons s'égarent, ils sont recouverts par les flocons et il faut une pelle pour les dégager. »

Mick suivit du doigt une route qui serpentait sur le plateau.

« C'est le chemin que nous prendrons, dit-il, et je suppose que nous nous arrêterons ici. Vous voyez ce petit sentier, c'est celui qui conduit à la ferme. La voiture ne pourra pas monter si haut, et il faudra que nous portions nos bagages jusqu'à l'endroit où nous dresserons nos tentes.

— J'espère que nous ne nous installerons pas trop près de M. Clément ? fit Claude.

— Bien sûr que non ; il a accepté de se charger de nous, mais dès que nous serons là-haut, il ne saura plus si nous existons, dit François. J'en suis sûr. Un jour, il avait invité deux de mes camarades à faire une promenade en voiture avec lui et il est revenu sans eux. Il les avait complètement oubliés et les avait laissés en pleine forêt.

— Cher M. Clément ! s'écria Mick. C'est le type rêvé pour nous surveiller ! Il ne viendra pas nous demander à chaque instant si nous nous sommes lavé les dents ou si nous avons mis nos pulls. »

Les autres éclatèrent de rire ; Dagobert montra toutes ses dents et poussa de joyeux jappements. Il était si content d'être en compagnie de ses quatre amis et de participer à sa façon aux préparatifs des vacances !

Dagobert passait l'année scolaire en pension avec Claude et Annie.

François et Mick lui manquaient beaucoup, mais il appartenait à Claude et n'aurait pu supporter de la quitter. Par bonheur, la directrice de l'école Clairbois autorisait ses élèves à garder auprès d'elles leur animal favori ; sans cela Claude n'aurait jamais accepté d'y faire ses études.

François replia sa carte.

« J'espère que tous les objets commandés arriveront à temps, dit-il. Nous avons encore six jours devant nous. Il faut que je rappelle à M. Clément que nous partons avec lui, sans cela il serait bien capable de nous brûler la politesse. »

Ces six jours durèrent une éternité et l'attente était presque intolérable. Par bonheur, les paquets qui arrivaient de divers magasins offraient une agréable diversion. Les sacs de couchage furent salués par des exclamations enthousiastes.

« Épatant ! s'écria Annie.

— Formidable ! renchérit Claude en se faufilant dans le sien ; tu vois, je peux le fermer jusqu'au cou, et il a une espèce de capuchon. Que c'est douillet ! Je pourrais y dormir par vingt degrés au-dessous de zéro ! Dites donc, si nous couchions dedans cette nuit ?

— Dans notre chambre ? questionna Annie.

— Oui, pourquoi pas ? simplement pour nous y habituer », dit Claude, persuadée qu'un sac de couchage valait mille fois mieux qu'un lit ordinaire.

Et tous les quatre passèrent la nuit sur le parquet de leur chambre dans les sacs de couchage ; le lendemain matin, ils déclarèrent que jamais ils n'avaient aussi bien dormi.

« Le seul ennui, c'est que Dagobert voulait absolument s'introduire auprès de moi, dit Claude, et, vraiment, nous aurions été trop serrés. D'ailleurs, il aurait risqué d'être étouffé.

— Eh bien, moi, j'ai eu l'impression qu'il passait la moitié de la nuit sur mon estomac, grogna François. Ce soir, j'aurai soin de fermer la porte de ma chambre si Dagobert passe la nuit à courir partout.

— Ça m'est égal qu'il se couche sur moi, mais il a la fâcheuse manie de tourner en rond je ne sais combien de fois avant de trouver la place qui lui convient, se plaignit Mick, c'est stupide.

— Il ne peut pas s'en empêcher, intervint Claude. C'est une habitude que les chiens sauvages avaient, il y a des siècles et des siècles ; ils piétinaient les roseaux pour se faire une confortable couchette, et aujourd'hui nos chiens continuent.

— Je voudrais bien que Dagobert oublie que ses ancêtres dormaient dans les roseaux et qu'il se rappelle qu'il est un gentil chien civilisé gâté par ses maîtres, dit Mick. Je suis sûr que la trace de ses pattes est encore imprimée sur mon ventre.

— Allons donc, dit Annie, tu exagères, Mick. Oh ! que je voudrais être à mardi... il me semble que mardi n'arrivera jamais.

— Patience, conseilla François, tout vient à point pour qui sait attendre. »

En effet, le mardi arriva. C'était une splendide journée ensoleillée, et sur le ciel d'un bleu éclatant voguaient de petits nuages blancs.

« C'est signe de beau temps, dit François au comble de la joie. Espérons que M. Clément se rappellera que c'est aujourd'hui le départ. Il doit être ici à dix heures. Nous emportons des sandwiches pour tout le monde. Maman a jugé que c'était plus sage au cas où M. Clément aurait oublié les siens. Et s'il a des provisions, tant pis ; nous ferons un effort supplémentaire. Et d'ailleurs Dago est toujours là pour finir les restes. »

Dagobert était aussi surexcité que les quatre enfants. Son instinct lui disait que des événements agréables se préparaient ; sa queue frétillait, sa langue pendait, et il haletait comme s'il avait déjà parcouru des kilomètres. Il se jetait dans les jambes de tout le monde, mais personne ne le grondait.

M. Clément arriva avec une demi-heure de retard juste au moment où l'on croyait qu'il avait oublié sa promesse. Il était au volant de sa vieille voiture.

« Bonjour, bonjour, cria-t-il, le visage éclairé par un large sourire. Vous êtes prêts ? Parfait. Empilez vos bagages sur la remorque ; les miens y sont déjà. J'ai apporté des sandwiches pour tout le monde ; c'est ma femme qui les a préparés.

— Nous ne risquons pas de mourir de faim aujourd'hui », déclara Mick en aidant François à porter les tentes et les sacs de couchage, tandis que les filles suivaient avec les petits paquets ; bientôt tout fut dans la remorque et François arrima les bagages avec les cordes. Les enfants dirent adieu à leurs parents, debout sur le seuil de la porte, et prirent leur place.

M. Clément embraya et la voiture démarra avec un bruit de vieille ferraille.

« Au revoir ! » crièrent les grandes personnes, et la mère de François ajouta une dernière recommandation : « Au moins, cette fois, ne vous lancez pas dans des équipées...

— N'ayez pas peur, cria gaiement M. Clément, j'y veillerai ; sur un plateau aussi sauvage et aussi désert, ils ne risquent pas d'avoir la moindre aventure. Au revoir. »

Ils partirent en faisant des signes d'adieu et en criant : « Au revoir, au revoir tout le monde ! Enfin nous partons ! Hurrah ! la vie est belle ! »

La voiture s'élança sur la route, entraînant la remorque derrière elle. Les vacances commençaient !

Chapitre 2

Le campement

M. Clément n'était pas un très bon chauffeur ; il appuyait sans cesse sur l'accélérateur et prenait les virages à une vitesse imprudente. De temps en temps, François se retournait pour s'assurer que les bagages étaient encore là. Soudain, à un tournant, il vit le paquet des sacs de couchage bondir très haut dans les airs, mais, par bonheur, il retomba dans la remorque. Le jeune garçon posa la main sur l'épaule de M. Clément.

« Monsieur, pouvez-vous ralentir un peu, s'il vous plaît ? La remorque sera vide quand nous arriverons si les bagages continuent à sauter à chaque instant.

— Ma parole, j'avais oublié ce que nous traînons derrière nous, dit M. Clément en ralentissant aussitôt. Rappelez-moi à l'ordre si je fais plus de soixante à l'heure. La dernière fois que j'ai pris la remorque, j'ai semé en chemin la moitié de mes valises ; je ne tiens pas du tout à recommencer. »

François n'y tenait pas davantage ; il garda

donc un œil fixé sur l'indicateur de vitesses et, quand l'aiguille dépassait le soixante, il donnait une petite tape sur le bras de M. Clément.

M. Clément ne s'en formalisait pas ; il était aux anges. Ce qui lui paraissait le plus agréable dans son métier de professeur, c'étaient les vacances.

Pendant l'année scolaire, il n'avait pas assez de temps à consacrer à ses chers insectes ; maintenant il allait passer plusieurs semaines dans le paradis de ses rêves, c'est-à-dire un endroit sauvage, peuplé de sauterelles, de scarabées, de papillons, de chenilles et autres bestioles aussi séduisantes. Il se promettait d'associer à ses études ses jeunes compagnons qui feraient ainsi de rapides progrès en sciences naturelles. Les enfants auraient été horrifiés s'ils avaient deviné ses intentions. Heureusement ils ne s'en doutaient pas...

On ne pouvait regarder M. Clément sans avoir envie de rire tant son physique était cocasse. Ses sourcils en broussaille surmontaient des yeux marron, très doux, qui ressemblaient à des yeux de singe. C'était, du moins, l'opinion de Mick. Son grand nez, d'où sortait une forêt de poils, et sa moustache hérissée avaient un aspect féroce que démentait le menton rond creusé par une fossette. Mais c'étaient les oreilles qui surprenaient le plus Annie ; elles étaient très grandes et pointues, et la droite, quand M. Clément le lui ordonnait, frétillait de la façon la plus amusante ; la gauche, elle, refusait de bouger. Le professeur avait des cheveux épais et toujours en désordre, et ses costumes étaient trop amples pour lui. Les enfants le trouvaient très sympathique. Il était si bizarre, si désordonné, si distrait et si doux bien que, à l'occasion, il pût entrer dans de violentes colères.

François avait souvent raconté aux autres l'histoire de Robert Dumont. M. Clément avait un jour surpris Robert en train de maltraiter un petit garçon dans le vestiaire du collège ; il l'avait saisi par sa ceinture et le secouait. Avec un mugissement de taureau furieux, M. Clément s'était précipité sur Robert, l'avait attrapé par la ceinture, soulevé et accroché à un portemanteau.

« Vous resterez là jusqu'à ce que quelqu'un vienne vous décrocher ! avait crié M. Clément d'une voix de tonnerre. Moi aussi, je sais me servir d'une ceinture. »

Puis il était parti avec le petit garçon terrifié, laissant Robert suspendu au mur et tout à fait incapable de se libérer. La punition avait duré longtemps, car les élèves, quand ils revinrent après une partie de football, la jugèrent trop méritée pour l'abréger. « Et si le portemanteau n'avait pas cédé sous son poids, Robert y serait encore, avait conclu François en riant. Bon vieux Clément, on ne croirait jamais qu'il est capable de choses pareilles. »

Annie aimait beaucoup cette histoire, et M. Clément désormais faisait figure de héros à ses yeux. Elle était très contente d'être assise près de lui dans la voiture et de bavarder. Les trois autres se serraient dans le fond. Dagobert était à leurs pieds. Claude refusait de le prendre sur ses genoux à cause de la chaleur ; le chien se consolait en se tenant debout contre la portière pour regarder le paysage.

Vers midi et demi, on fit halte pour déjeuner. M. Clément déballa une quantité de sandwiches confectionnés par Mme Clément et tous meilleurs les uns que les autres.

« Du pâté, des œufs, de la salade, des sardines, du gruyère ! Oh ! monsieur Clément, vos sandwiches sont bien meilleurs que les nôtres », s'écria Annie en mordant dans deux à la fois, l'un au pâté, l'autre aux rillettes.

Tous firent honneur au repas. Dagobert, affamé lui aussi, recevait la dernière bouchée de chaque sandwich et attendait avec impatience son tour. M. Clément ne se conforma pas à cet usage, et Dagobert le rappela à l'ordre en lui prenant des doigts le croûton d'un délicieux petit pain au jambon. M. Clément en resta ébahi.

« C'est un chien remarquable, dit-il en le caressant, il connaît ses droits ; sa malice est extraordinaire. »

Claude fut ravie de cet éloge. Elle soutenait qu'aucun chien ne pouvait montrer plus d'intelligence que son cher Dago et elle ne se trompait pas. Il lui obéissait au doigt et à l'œil et semblait deviner d'avance ses pensées. Et si, sur le plateau, M. Clément oubliait l'existence des enfants, il serait là pour les protéger.

Ils s'étaient munis de quelques bouteilles d'eau minérale, et des prunes mûres à point composaient le dessert.

Dagobert refusa les prunes, renifla l'eau minérale, puis il alla boire au petit ruisseau qui coulait non loin de là.

Rassasiés, les voyageurs remontèrent en voiture. Annie s'endormit, la tête contre le bras de M. Clément. Mick bâilla et se disposa aussi à faire la sieste. Claude n'avait pas sommeil et Dagobert non plus. François sentait ses pau-

pières s'appesantir, mais il n'osait pas quitter des yeux l'indicateur de vitesse. M. Clément, ragaillardi par un bon déjeuner, ne paraissait que trop disposé à battre ses records.

« Nous ne nous arrêterons pas pour goûter », dit brusquement M. Clément, et sa voix sonore éveilla Mick en sursaut. « Nous arriverons vers cinq heures et demie. Voyez, on aperçoit le plateau là-bas... Regardez ces taches rouges ; la bruyère est en fleur. »

Tous écarquillèrent les yeux, excepté Annie qui dormait profondément. À gauche, s'élevait le plateau couvert de genêts et de bruyère ; il s'étendait sur des kilomètres et des kilomètres et se perdait au loin dans une brume violette.

« Nous allons prendre cette route à gauche et nous ne tarderons pas à être sur le plateau », déclara M. Clément.

Il fit une si brusque embardée que les bagages bondirent de nouveau dans la remorque. La voiture s'engagea sur une route escarpée et laissa derrière elle deux ou trois petites maisons. Plus loin, c'était la solitude avec quelques fermes très espacées. Çà et là des brebis s'arrêtaient de paître pour regarder ces étrangers.

« Il ne nous reste qu'une trentaine de kilomètres », dit M. Clément en freinant pour éviter deux gros moutons plantés au milieu de la route. « Ces sales bêtes-là devraient bien choisir un autre endroit pour se raconter leurs petites histoires. Filez, laissez-moi passer. »

Dagobert aboya et voulut descendre. Les moutons se décidèrent à s'écarter, et la voiture continua. Annie, réveillée en sursaut par un cahot, demanda où l'on était.

« Quel dommage ! Vous dormiez si bien », dit M. Clément qui donna un coup de volant et faillit verser dans un fossé. « Nous sommes presque arrivés, Annie. »

La route devenait de plus en plus escarpée et le vent fraîchissait. Le plateau s'étendait à perte de vue, sous son manteau de bruyère et de genêts, traversé par des ruisseaux qui coulaient en gazouillant.

« Nous pourrons boire leur eau, déclara M. Clément, elle est limpide comme du cristal et froide comme la glace. Il y a un de ces ruisseaux tout près de l'endroit où nous camperons. »

Les enfants accueillirent avec joie cette nouvelle. Le grand seau de toile qu'ils avaient apporté leur aurait paru très lourd s'il avait fallu faire un long trajet. La proximité d'un point d'eau leur éviterait une ennuyeuse corvée. M. Clément quitta enfin la route pour prendre à gauche un étroit sentier sillonné d'ornières ; impossible d'aller vite, et les jeunes voyageurs eurent le temps de remarquer tous les détails du paysage.

« Je vais laisser la voiture ici », déclara M. Clément en s'arrêtant près d'un grand rocher qui s'élevait, nu et gris, au milieu de la bruyère. « Elle sera à l'abri du vent. Je crois que nous serions bien là-bas pour camper. »

Il montrait un petit espace entouré de gros buissons de genêts et tapissé de bruyère. François approuva d'un signe de tête. C'était l'endroit rêvé.

« C'est très bien, monsieur, dit-il. Par quoi faut-il commencer ? Nous goûtons ou nous défaisons nos bagages ?

— Goûtons d'abord, répondit M. Clément sans hésitation. J'ai apporté un camping-gaz ; cela vaut mieux qu'un feu de bois. Les marmites et les casseroles noirciront moins.

— Nous avons un réchaud aussi », dit Annie qui descendait de la voiture et jetait un regard autour d'elle. « C'est délicieux ici... Rien que la bruyère, le vent et le soleil. Là-bas, est-ce la ferme où nous irons chercher des œufs ? »

Elle montrait une maison sur la colline opposée. Par-derrière, dans un champ, trois ou quatre vaches et un cheval paissaient. Un petit verger s'étendait d'un côté et un potager de l'autre.

On ne s'attendait guère à voir une ferme si bien tenue au milieu de la lande.

« C'est la ferme du Grand Chêne, expliqua M. Clément ; elle a changé de propriétaire, je crois, depuis mon dernier passage ici. J'espère que les nouveaux seront gentils. Voyons, nous reste-t-il quelque chose à manger pour notre goûter ? »

Annie avait eu la précaution de mettre de côté des sandwiches et des morceaux de gâteau. Ils s'assirent sur la bruyère et attaquèrent les provisions.

Dagobert attendait avec patience sa part et regardait les abeilles qui bourdonnaient autour d'eux. Il y en avait des centaines.

« Maintenant, c'est le moment de monter nos tentes, dit François quand il eut avalé la dernière bouchée. Viens, Mick, déchargeons la remorque. Monsieur Clément, nous n'avons pas l'intention de camper trop près de vous ; nous sommes bruyants, nous vous dérangerions. Où voulez-vous que nous installions votre tente ? »

M. Clément ouvrit la bouche pour protester et dire qu'il serait très content d'avoir la compagnie des quatre enfants et de Dagobert, mais il réfléchit que ce serait lui qui risquerait de gêner ses jeunes compagnons. Ils voudraient chanter, rire, organiser des jeux ; son voisinage les empêcherait de s'amuser. Il approuva donc leur projet.

« Je vais dresser ma tente ici, près de ce genêt, répondit-il. Je crois que vous seriez très bien là-bas où ces buissons forment un demi-cercle ; ils vous abriteront du vent et nous serons voisins tout en gardant notre indépendance.

— Parfait, monsieur », dit François.

Michel et lui se mirent en devoir de dresser les tentes. C'était très amusant. Dagobert, selon son habitude, se jetait dans les jambes de tout le monde et emportait dans sa gueule les cordes dont on avait besoin, ce qui soulevait des tempêtes de rire. Quand le soir tomba, les trois tentes étaient montées, les bâches étendues par terre et les sacs de couchage tout prêts. Deux dans chacune des tentes des enfants et un dans celle de M. Clément.

« Je vais me coucher, dit M. Clément. Je ne peux plus tenir les yeux ouverts. Bonsoir, dormez bien... » Il disparut dans la nuit.

Annie bâilla et les autres l'imitèrent.

« Couchons-nous aussi, proposa François. Après un goûter si copieux, nous pouvons nous passer de dîner. Une tablette de chocolat et quelques biscuits nous suffiront ; nous les mangerons dans notre sac de couchage. Bonsoir, les filles. »

Mick et lui se retirèrent dans leur tente. Claude et Annie en firent autant avec Dagobert. Elles se déshabillèrent et se glissèrent dans les sacs de couchage.

« C'est formidable, dit Claude en repoussant Dagobert. Je n'ai jamais été aussi bien de ma vie. Je t'en prie, Dago, tiens-toi tranquille ; tu ne vois donc pas la différence entre mes pieds et mon estomac ? Là, c'est mieux.

— Bonsoir, dit Annie à moitié endormie. Regarde, Claude, on voit les étoiles à travers l'ouverture de la tente ; comme elles sont brillantes ! »

Mais Claude n'eut pas le temps d'admirer les étoiles ; elle dormait déjà. Dagobert leva une oreille en entendant la voix d'Annie et poussa un petit grognement. C'était là sa façon de dire bonsoir ; puis il posa sa tête sur ses pattes et s'endormit.

« Notre première nuit de campement, pensa Annie avec bonheur. Je ne veux pas dormir. Je resterai éveillée ; je regarderai les étoiles et je sentirai l'odeur des genêts. »

Mais malgré ses belles résolutions, une seconde plus tard, elle était au pays des songes.

Le volcan d'Annie

François s'éveilla le premier le lendemain matin ; un bruit étranger résonnait au-dessus de sa tente : « Coor-lie ! Coor-lie ! » Le jeune garçon se redressa et se demanda où il était et qui appelait. Puis il se rappela : il était dans sa tente avec Mick. Il campait sur un plateau et ces cris au-dessus de sa tête venaient d'un courlis, l'oiseau de la solitude.

Il bâilla et se recoucha ; ce n'était pas encore l'heure de se lever ; un rayon de soleil passait par l'ouverture de la tente. François était heureux et douillettement couché ; mais la faim le tourmentait déjà. Il regarda sa montre : six heures et demie. Il avait encore du temps devant lui. Il trouva dans la poche de sa veste une tablette de chocolat et la croqua. Puis il resta immobile à écouter les courlis et à regarder le soleil qui montait dans le ciel. Le sommeil s'empara de nouveau de lui ; il fut réveillé par Dagobert qui lui léchait la figure. Les filles le regardaient par l'ouverture de la tente et riaient. Elles étaient déjà prêtes.

« Debout, paresseux, dit Annie. Nous vous

avons envoyé Dagobert pour vous réveiller. Il est sept heures et demie. Nous sommes levées depuis longtemps.

— Il fait une matinée splendide, renchérit Claude. La journée sera chaude. Levez-vous. Nous allons faire notre toilette au ruisseau. Ce serait stupide de transporter des seaux puisque nous avons un cours d'eau si près de nous. »

Mick ouvrit les yeux. François et lui décidèrent d'aller prendre un bain dans le ruisseau. Ils quittèrent la tente et attendirent au soleil le retour des filles.

« C'est là-bas, dit Annie en indiquant la direction. Dagobert, accompagne-les et montre-leur le chemin. C'est un ruisseau ravissant, entre deux rives couvertes de fougères. L'eau est très froide, je vous avertis. Nous avons laissé le seau là-bas ; rapportez-le plein, voulez-vous ?

— Pourquoi as-tu besoin d'eau puisque tu as déjà fait ta toilette ? demanda Mick.

— Et la vaisselle ? Il faudra bien la laver, dit Annie. Je viens d'y penser à l'instant. Si nous allions réveiller M. Clément ? Il n'a pas encore donné signe de vie.

— Non, laisse-le dormir, conseilla François. Il est probablement épuisé d'avoir conduit si longtemps. Nous lui garderons son déjeuner. Qu'est-ce que nous avons à manger ? Tu sais que nos parents nous ont recommandé de faire un déjeuner copieux le matin.

— Du chocolat, des tartines et même du jambon, répondit Annie qui aimait beaucoup faire la cuisine. Ce matin, nous nous contenterons de lait condensé. Sais-tu allumer le réchaud, François ?

— Claude s'en chargera, dit François. Je ne me

26

rappelle plus si nous avons apporté une poêle et un gril.

— Oui, je les ai emballés moi-même, dit Annie. Dépêchez-vous d'aller prendre votre bain, le déjeuner sera prêt à votre retour. »

Dagobert courut en tête pour montrer le chemin.

François et Mick entrèrent aussitôt dans l'eau ; le chien les rejoignit et mêla ses aboiements à leurs rires.

« Je suis sûr que nous avons réveillé le pauvre M. Clément, dit Mick quand ils furent sortis de l'eau. Quel bon bain ! J'ai une faim de loup.

— Nous trouverons le déjeuner prêt », dit François.

Ils retournèrent auprès des tentes. M. Clément n'avait pas fait son apparition ; il avait vraiment le sommeil lourd.

Les quatre enfants s'assirent sur la bruyère et dévorèrent leur déjeuner. Annie avait fait griller du pain, et les garçons la félicitèrent. Leur compliment la combla de joie.

« C'est moi qui m'occuperai des repas, déclarat-elle, mais Claude m'aidera à laver la vaisselle, n'est-ce pas, Claude ? »

Claude montra peu d'enthousiasme ; elle détestait laver la vaisselle et faire les lits. Elle prit un air boudeur.

« Oh ! cette Claude ! s'écria Mick. Mais, après tout, pourquoi s'imposer cette corvée ? Dagobert ne sera que trop content de nettoyer les assiettes d'un coup de langue. »

Tout le monde se mit à rire, même Claude.

« Ça va, dit-elle, je t'aiderai, bien sûr, Annie ; seulement ne salissons pas trop d'assiettes pour ne pas compliquer le travail. Y a-t-il encore du pain grillé, Annie ?

— Non, mais il y a des biscuits dans cette boîte en fer. Dites, les garçons, qui ira chercher du lait à la ferme tous les jours ? Je suppose qu'on nous vendra aussi du pain et des fruits ?

— Nous nous en chargerons, François et moi, dit Mick. Annie, tu devrais préparer le déjeuner de M. Clément. Allons le réveiller, sans cela, il dormira jusqu'à ce soir.

— J'y vais, dit François. Je ne crierai pas à tue-tête, il ne m'entendrait pas ; j'imiterai le bourdonnement d'une abeille et il se réveillera aussitôt. »

Il s'approcha de la tente, toussota et appela poliment :

« Voulez-vous venir déjeuner, monsieur ?... »

Ne recevant pas de réponse, le jeune garçon réitéra son appel ; puis, étonné, il jeta un regard dans la tente. Elle était vide.

« Qu'y a-t-il, François ? cria Mick.

— Il n'est pas là, dit François. Où peut-il être ? »

Il y eut un silence. Prise de panique, Annie pensa un moment qu'une nouvelle aventure commençait. Puis Mick cria :

« A-t-il emporté son insectier, tu sais, la boîte de fer-blanc qu'il attache sur son dos quand il va à la chasse aux insectes ? Et regarde si ses vêtements sont là. »

François entra dans la tente.

« Ça va, annonça-t-il au grand soulagement des autres ; son complet a disparu et sa boîte à insectes aussi. Il a dû partir de très bonne heure,

28

avant notre réveil. Je parie qu'il a oublié notre présence, et aussi son déjeuner.

— Cela lui ressemblerait, dit Mick. Tant pis pour lui, nous ne sommes pas ses gardiens. Il est libre de faire ce qu'il veut et de se passer de déjeuner si ça lui chante. Il reviendra quand sa boîte sera pleine d'insectes, je suppose.

— Annie, nous allons à la ferme, Mick et moi, et nous verrons ce qu'on peut nous vendre, dit François. Si nous voulons faire une promenade aujourd'hui, ne perdons pas de temps.

— Bon, approuva Annie. Vas-y aussi, Claude. Je peux me charger de la vaisselle puisque les garçons m'ont apporté de l'eau. Emmenez Dagobert, il a besoin de se dégourdir les pattes. »

Ravie d'esquiver la corvée de vaisselle, Claude ne se le fit pas dire deux fois ; elle partit avec les garçons et Dagobert en direction de la ferme. Annie vaqua à sa besogne en fredonnant. Quand elle eut terminé, elle regarda si les autres revenaient. Ils étaient invisibles, et M. Clément n'était pas encore de retour.

« Je vais aller me promener moi aussi, décida Annie ; je n'ai qu'à suivre le ruisseau et je ne risquerai pas de m'égarer. Je verrai où il prend sa source. Ce sera très amusant. »

En quelques minutes, elle atteignit le ruisseau et se mit à gravir la colline qu'il descendait en chantonnant gaiement entre deux rives gazonnées où les fougères poussaient en abondance. La fillette puisa de l'eau dans sa main, la goûta et la trouva délicieuse.

Elle arriva enfin au sommet de la colline ; le ruisseau prenait sa source là ; il sortait en glougloutant d'un tertre couvert de bruyère et descendait vers le plateau, tout joyeux de s'ébattre dans la lumière du soleil.

« C'est donc là que tu commences », dit Annie.

Un peu fatiguée par son ascension, elle s'allongea pour se reposer. Qu'il faisait bon se chauffer au soleil et écouter la musique de l'eau et le bourdonnement des abeilles. Soudain un autre bruit se mêla à ces sons joyeux. La fillette d'abord n'y prêta pas attention, puis elle se redressa épouvantée. Le bruit était sous elle, dans les entrailles de la terre ! C'était un grondement sourd et effrayant.

« Que se passe-t-il ? Est-ce un tremblement de terre ? » se demanda Annie.

Le grondement se rapprochait, s'amplifiait. Annie n'osait même pas se lever et s'enfuir ; elle restait immobile, affolée. Un cri sinistre retentit et une chose extraordinaire eut lieu. Un grand nuage de fumée blanche sortit du sol et resta un moment suspendu dans les airs avant d'être dispersé par le vent.

Horrifiée, Annie ne faisait pas un mouvement. C'était si brusque, si inattendu, sur cette colline paisible. Le grondement résonna encore un moment, puis s'éteignit au loin.

Alors Annie se leva d'un bond ; elle descendit en courant la colline et se mit à crier : « C'est un volcan, au secours, au secours... j'étais assise sur un volcan. Il va y avoir une éruption, au secours, au secours, c'est un volcan ! »

Elle courait éperdument. Son pied heurta une racine de bruyère ; elle trébucha et se mit à rouler sur la pente en sanglotant. Elle s'arrêta enfin et entendit une voix anxieuse qui demandait :

« Qui est là ? Qu'y a-t-il ? » C'était la voix de M. Clément.

Annie, soulagée, s'écria :

« Monsieur Clément, venez à mon secours. J'ai trouvé un volcan ici. »

Une telle terreur vibrait dans sa voix que M. Clément arriva précipitamment. Il s'assit près de la fillette tremblante et lui mit la main sur l'épaule.

« Qu'y a-t-il ? demanda-t-il. De quoi as-tu peur ?

— Là-bas, il y a un volcan, monsieur Clément, répéta Annie. Il grondait, et, tout à coup, des nuages de fumée sont sortis de terre. Partons vite avant que la lave coule le long de la colline.

— Allons, allons », dit M. Clément et, à la grande surprise d'Annie, il se mit à rire. « Tu ne sais vraiment pas ce que c'était ?

— Non, je ne sais pas.

— Eh bien, sous ce grand plateau, deux ou trois longs tunnels permettent aux trains de passer d'une vallée à l'autre ; tu ne le sais pas ? Ce sont des lignes très anciennes et qui seront sans doute fermées bientôt, c'est pourquoi elles ne sont pas électrifiées. C'est un train qui a fait le bruit que tu as entendu et la fumée que tu as vue sortait de la locomotive à vapeur. Il y a de grands trous d'aération çà et là pour qu'elle puisse s'échapper.

— Oh ! mon Dieu, dit Annie qui devint rouge comme une cerise. Je ne savais pas qu'il y avait des trains là-dessous et je croyais vraiment que j'étais assise sur un volcan. Vous ne le direz pas aux autres, ils se moqueraient de moi.

— Je ne dirai rien, promit M. Clément, et

maintenant je crois qu'il vaut mieux retourner là-bas. Vous avez déjeuné ? J'ai une faim de loup ; je suis parti très tôt pour suivre un papillon que j'avais vu voler près de ma tente.

— Nous avons déjeuné il y a deux heures, dit Annie, mais si vous voulez venir avec moi, je vous ferai griller du pain et je vous donnerai une tranche de jambon.

— Tu me mets l'eau à la bouche, dit M. Clément. Eh bien, pas un mot sur les volcans ; c'est notre secret. »

Ils retournèrent aux tentes où les autres s'étonnaient de l'absence prolongée d'Annie. Ils ne se doutaient guère que la pauvre enfant s'était assise sur un volcan !

Chapitre 4

Les trains fantômes

Les garçons et Claude se mirent aussitôt à raconter leur visite à la ferme.

« C'est une ferme modèle, déclara François pendant qu'Annie s'empressait de servir à déjeuner à M. Clément. Une jolie maison, une laiterie reluisante, des étables bien tenues. Rien n'y manque. Figurez-vous qu'il y a même un piano à queue dans le salon.

— Les fermiers sont donc bien riches ; c'est cher un piano à queue ! s'écria Annie qui faisait griller le pain.

— Le fermier a une belle voiture, continua François. Elle est toute neuve et elle a dû lui coûter gros. Son fils nous l'a montrée, et il nous a montré aussi des machines agricoles, ce qu'il y a de plus moderne.

— C'est extraordinaire, dit M. Clément. Je me demande comment on peut gagner tant d'argent sur ce plateau. Les derniers propriétaires étaient des travailleurs, mais, certainement, ils n'auraient pu acheter ni une voiture ni un piano à queue.

— Et si vous voyiez leurs camions ! s'écria Mick. Des merveilles ! Je crois que ce sont des camions de l'armée. Le garçon a dit que son père s'en servait pour porter les produits de la ferme au marché.

— Quels produits ? demanda M. Clément en regardant la petite ferme. Je n'aurais jamais cru qu'ils avaient besoin de plusieurs camions pour cela. Une charrette pourrait leur suffire.

— C'est ce que nous a raconté le petit garçon, reprit Mick. Ils ont l'air très à l'aise. Le fermier doit être bien habile.

— Nous avons des œufs, du beurre, des fruits et même du jambon, dit Claude. La mère du garçon nous a vendu tout cela très bon marché ; nous n'avons pas vu le fermier. »

M. Clément déjeunait avec appétit. Il écarta d'un geste les mouches qui avaient envie de sa tartine, et, pour chasser l'un des insectes qui s'était posé sur elle, il agita violemment son oreille droite. La mouche, surprise, s'envola.

« Oh ! recommencez, supplia Annie. Comment faites-vous ? Croyez-vous que, si je m'exerçais pendant plusieurs semaines, je pourrais aussi bouger mon oreille ?

— Je suis persuadé que non, dit M. Clément en terminant sa tartine. Je vais écrire devant ma tente. Qu'allez-vous faire ? Une promenade ?

— Nous pourrions emporter notre déjeuner, proposa François, et pique-niquer dans un endroit agréable. Ça vous va ?

— Oh ! oui, approuva Mick. Peux-tu nous préparer quelque chose, Annie ? Nous t'aiderons. Par exemple, nous pourrions faire durcir des œufs. »

Quelques minutes plus tard, le repas était prêt et enveloppé dans un sac.

« Vous ne vous perdrez pas ? demanda M. Clément.

— Oh ! non, monsieur, répliqua François en riant. J'ai une boussole et une carte. Nous vous verrons ce soir, à notre retour.

— Et vous, monsieur Clément, vous êtes sûr de ne pas vous égarer ? demanda Annie d'un ton inquiet.

— Annie ! Veux-tu te taire ! » s'écria Michel stupéfait.

Mais ce n'était pas une insolence. M. Clément était si distrait qu'il pouvait très bien se perdre et ne jamais retrouver son chemin.

« Non, dit le professeur en souriant, je suis déjà venu dans le pays. J'en connais tous les ruisseaux, tous les sentiers et tous les volcans. »

Annie se mit à rire.

Les autres regardèrent M. Clément en se demandant quels étaient ces volcans ; mais ni M. Clément ni Annie ne leur donnèrent d'explication. Les enfants prirent congé du professeur et se mirent en route.

« Il fait un temps délicieux pour se promener, remarqua Annie. Par où passons-nous ?

— Suivons un sentier, conseilla François. Ce serait un peu fatigant de grimper toute la journée dans la bruyère. »

Ils s'engagèrent donc dans le premier chemin qui s'offrit à eux.

« Ce doit être un sentier de berger, dit Mick.

35

Cela ne doit pas être drôle de garder des moutons toute l'année sur ces collines désolées. »

Ils marchèrent longtemps. Un doux parfum montait des bruyères en fleur ; des lézards s'enfuyaient devant eux et des papillons de toutes couleurs voltigeaient. Annie aimait surtout les bleus et elle se promit de demander leur nom à M. Clément.

Ils déjeunèrent au sommet d'une colline qui dominait une vaste prairie où paissaient des moutons. Au milieu du repas, Annie entendit le même grondement qui l'avait tant effrayée le matin. Et, à peu de distance, jaillit un nuage de fumée blanche. Claude devint très pâle. Dagobert se mit à aboyer. Les garçons éclatèrent de rire.

« N'ayez pas peur, les filles. C'est un train à vapeur qui passe dans le tunnel. Nous étions déjà prévenus et nous nous demandions ce que vous feriez quand vous entendriez ce vacarme et quand vous verriez la fumée.

— Je n'ai pas peur du tout », déclara fièrement Annie.

Les garçons la regardèrent avec étonnement. En général, elle se montrait moins brave et c'était Claude, l'intrépide, qui avait donné des signes de terreur. Mais Claude s'était déjà reprise et riait avec les autres. Elle appela Dagobert.

« Ce n'est rien, Dago, viens ici. Tu sais ce que c'est qu'un train, n'est-ce pas ? » Cet incident fournissait un nouveau sujet de conversation. C'était drôle de penser à ces trains souterrains qui traversaient le plateau dans des tunnels où le soleil ne brillait jamais, en emportant des gens qui lisaient leur journal ou qui parlaient entre eux.

« Venez, dit François, continuons. Nous irons jusqu'au sommet de la prochaine colline, et puis, je crois que ce sera l'heure de retourner. »

Ils trouvèrent un petit sentier qui, sans doute, ne devait servir qu'aux lapins tellement il était étroit. Au sommet de la colline, une surprise les attendait. Dans la vallée, à leurs pieds, ils aperçurent plusieurs voies de chemin de fer, silencieuses et désertes. Elles sortaient d'un tunnel et, environ huit cents mètres plus loin, aboutissaient à une espèce de gare de triage.

« Regardez ! cria François, des rails qui ne sont plus employés, sans doute ? Je suppose que le tunnel est très vieux aussi.

— Allons jeter un coup d'œil, dit Mick. Venez, il est encore tôt et nous trouverons bien un raccourci pour rentrer. »

Ils descendirent la colline, arrivèrent à quelque distance du tunnel et suivirent les rails jusqu'à la gare sans rencontrer personne.

« Oh ! s'écria Mick, il y a des vieux fourgons sur ces rails, là-bas. On dirait qu'ils n'ont pas servi depuis cent ans. Allons les pousser.

— Non », protesta Annie effrayée.

Mais les deux garçons et Claude, qui ne se sentaient pas de joie à l'idée de jouer avec de vrais trains, coururent jusqu'aux fourgons arrêtés sur les rails. François et Mick en poussèrent un ; il roula et alla heurter les tampons d'un autre. Le choc fit un vacarme assourdissant dans la gare silencieuse. La porte d'une masure s'ouvrit brusquement et un personnage terrifiant en sortit. C'était un homme qui avait une jambe de bois, deux longs bras de gorille et un visage aussi rouge qu'une tomate, avec une grande moustache grise. Il ouvrit la bouche ; sans doute allait-il pousser des hurlements de colère, mais il se contenta de chuchoter :

« Qu'est-ce que c'est que ça ? N'est-ce pas assez affreux d'entendre la nuit des trains fantômes ? N'ai-je pas droit à un peu de tranquillité dans la journée ? »

Les enfants le regardèrent avec ébahissement et le crurent fou. L'homme s'approcha ; sa jambe de bois tapait le sol avec un bruit sourd. Il balançait les bras et fermait à demi les yeux comme s'il n'y voyait pas à un mètre devant lui.

« J'ai cassé mes lunettes », gémit-il. Et les enfants étonnés et consternés virent deux larmes couler le long de ses joues. « Le pauvre vieux Thomas à la jambe de bois a cassé ses lunettes. Personne ne s'inquiète du pauvre vieux Thomas, maintenant, personne du tout. » Ils ne surent que répondre. Annie avait pitié de ce vieillard étrange, mais elle se cachait derrière François. Thomas plissa de nouveau les yeux pour les voir.

« Vous n'avez donc pas de langue ? Est-ce que j'imagine de nouveau des choses ou est-ce que vous êtes bien là ?

— Nous sommes là en chair et en os, dit François. De là-haut, nous avons aperçu ces vieux fourgons et nous sommes descendus pour les regarder. Qui êtes-vous ?

— Je viens de vous le dire, je suis le vieux Thomas à la jambe de bois, dit le vieillard avec impatience, le gardien. Mais je ne sais pas du tout ce qu'il y a à garder. Est-ce qu'on croit que je vais surveiller des trains fantômes ? Jamais de la vie. Très peu pour Thomas à la jambe de bois, oui, et j'ai souvent tremblé dans ma peau. Mais je ne veux plus surveiller des trains fantômes. »

Les enfants l'écoutaient avec curiosité.

« Quels trains fantômes ? » demanda François.

Thomas s'approcha. Il regarda autour de lui comme s'il avait peur d'être entendu, et parla plus bas que jamais. « Des trains fantômes que je vous dis. Des trains fantômes qui sortent seuls du tunnel, la nuit, et y retournent sans mécanicien. Y a personne dedans. Une nuit, ils viendront chercher le vieux Thomas, mais je suis un malin, moi. Je m'enferme dans ma cabane, je me glisse sous mon lit et j'éteins ma bougie, et les trains fantômes ne savent pas que je suis là. »

Annie frissonna. Elle saisit la main de François.

« François, partons. J'ai peur. C'est horrible. Qu'est-ce qu'il veut dire ? »

Le vieillard changea brusquement d'humeur ; il ramassa un caillou et le jeta sur les enfants.

« Filez, je suis gardien ici. Et qu'est-ce qu'on m'a dit ? On m'a dit de chasser tous ceux qui s'approcheraient. Filez, que je vous dis ! »

Terrifiée, Annie s'enfuit. Dagobert gronda, et il aurait sauté à la gorge du vieux gardien si Claude ne l'avait retenu par son collier. Mick se frottait la tête à l'endroit où le caillou l'avait atteint.

« Nous partons », dit-il pour apaiser Thomas. Sans aucun doute, le vieillard n'avait pas toute sa raison. « Nous ne savions pas que c'était défendu de venir ici. Surveillez vos trains fantômes. Nous ne reviendrons plus. »

Les garçons et Claude firent demi-tour et rejoignirent Annie.

« Que voulait-il dire ? demanda la fillette

effrayée. Qu'est-ce que c'est que des trains fantômes ? Des trains qui n'existent pas ? Est-ce qu'il les voit vraiment la nuit ?

— Il les imagine, dit François. Il vit tout seul ici, dans cette vieille cabane isolée, et il a le cerveau détraqué. N'aie pas peur, Annie, les trains fantômes n'existent pas.

— Mais il parlait comme s'ils existaient, gémit Annie. Je ne voudrais pas voir un train fantôme. Et toi, François ?

— Moi si, j'aimerais beaucoup en voir un », dit François, et il ajouta en se tournant vers Mick : « Et toi ? Veux-tu que nous venions guetter une nuit ? Pour voir ce qui se passe ici. »

Le retour au camp

Les enfants et Dagobert laissèrent la gare déserte derrière eux et gravirent la pente couverte de bruyère pour retourner à leur campement.

Tout en marchant, les garçons parlaient du vieux Thomas à la jambe de bois et commentaient ses paroles bizarres.

« C'est une drôle d'histoire, remarqua François ; je me demande pourquoi cette gare est désaffectée. Qui sait aussi où conduit ce tunnel et si des trains y passent encore ?

— Je suppose qu'il y a une explication tout à fait banale, riposta Mick. Ce vieux bonhomme a le cerveau complètement fêlé. Si nous avions eu affaire à un véritable gardien, tout nous aurait paru parfaitement normal.

— Le petit garçon de la ferme pourra peut-être nous renseigner ; nous l'interrogerons demain. J'ai bien peur qu'il n'y ait pas de trains fantômes.

Tant pis ! Mais j'aimerais bien y aller voir ; s'il y en avait, ce serait si amusant !

— Oh ! François, tais-toi ! s'écria Annie toute tremblante. J'ai l'impression que tu cherches une autre aventure, et tu sais, moi, les aventures, j'en ai par-dessus la tête !

— Il n'y aura pas d'aventure, n'aie pas peur, promit Mick d'un ton rassurant. Et dans le cas contraire, tu pourrais toujours te réfugier auprès de M. Clément. Même s'il avait une aventure devant son nez, il ne la verrait pas ; avec lui, tu ne risquerais rien.

— Voyez ! il y a quelqu'un là-bas », s'écria Claude prévenue par Dagobert qui dressait les oreilles et se mettait à grogner.

« Un berger, je suppose », dit François qui cria gaiement : « Bonsoir, il a fait beau aujourd'hui, n'est-ce pas ? »

Le vieillard qui s'avançait vers eux hocha la tête d'un air approbateur. C'était un berger ou un ouvrier agricole. Il fit halte devant les enfants.

« Vous n'auriez pas vu mes moutons en bas ? demanda-t-il. Ils sont marqués d'une croix rouge.

— Non, nous n'en avons pas rencontré en chemin, répondit François. Mais j'en ai aperçu un peu plus loin sur la colline. Nous sommes simplement descendus jusqu'à la gare.

— N'allez pas là-bas », dit le vieux berger, et ses yeux d'un bleu fané se fixèrent sur François. « C'est un endroit maudit.

— Nous avons déjà entendu parler de trains fantômes, dit François en riant. C'est à eux que vous pensez ?

— Oui, des trains passent sous ce tunnel et on ne sait pas d'où ils viennent, dit le berger. Souvent je les ai entendus quand j'étais là-haut, la nuit, avec mes moutons. Ce tunnel n'a pas servi depuis trente ans, mais des trains en sortent tout comme autrefois.

— Comment le savez-vous ? Les avez-vous vus ? demanda François, et un frisson glacé courut le long de son échine.

— Non, je les ai seulement entendus, répliqua le vieillard. Comme cela. Teuf... teuf... teuf, et les wagons s'entrechoquent, mais ils ne sifflent plus. Le vieux Thomas à la jambe de bois prétend que ce sont des trains fantômes et qu'il n'y a personne dedans. Ne descendez pas là-bas, c'est dangereux. »

François aperçut le visage terrifié d'Annie et se mit à rire pour la rassurer.

« Quelle histoire à dormir debout ; je ne crois pas aux trains fantômes, et vous non plus, berger. Michel, tu as notre goûter dans ton sac ? Cherchons un peu d'ombre et nous mangerons nos sandwiches et nos gâteaux. Voulez-vous goûter avec nous, berger ?

— Non, merci, vous êtes bien gentils, dit le vieux en s'éloignant. Il faut que j'aille retrouver mes moutons. Ils s'égarent toujours, et je suis obligé de courir après eux. Au revoir. Ne descendez pas dans cet endroit maudit. »

François trouva une petite pente gazonnée sous un chêne vert d'où « l'endroit maudit » était invisible, et ils s'assirent en rond.

« Quelles absurdités ! dit-il pour ramener un sourire sur les lèvres d'Annie. Nous demanderons demain au petit garçon du fermier. Ce vieux bonhomme à la jambe de bois a fait un cauchemar et l'a raconté à tout le monde.

43

— Sans doute, dit Mick. Tu as remarqué que le berger n'a pas vu les trains, n'est-ce pas, François ? Il les a simplement entendus. Les bruits se propagent rapidement la nuit et je parie qu'il a été effrayé par les trains qui passent sous le plateau. Il y en a un en ce moment. Vous sentez la vibration ? »

En effet, le sol tremblait et c'était une sensation bizarre.

Le bruit s'arrêta enfin, et les enfants goûtèrent en regardant Dagobert qui s'efforçait d'entrer dans un terrier de lapin. Il creusait avec les deux pattes de devant et soulevait un nuage de poussière. Les enfants lui ordonnèrent de cesser ce jeu stupide, mais il fit la sourde oreille.

« Dites donc, si nous ne sortons pas Dagobert de ce trou, il s'y enfoncera tellement que nous serons obligés de le tirer par la queue, remarqua François. Dagobert, Dagobert, le lapin est très loin d'ici, viens vite. »

Il fallut les efforts combinés de Claude et de François pour obliger Dagobert à obéir, mais il ne cacha pas son indignation. Il leur lançait des regards furieux comme pour leur dire : « Quels empêcheurs de danser en rond ! Je le tenais presque, le lapin, et il a fallu qu'ils viennent me déranger. »

Il se secoua pour se débarrasser du sable accroché dans ses poils, puis s'élança de nouveau vers le trou ; mais Claude l'attrapa par la queue.

« Non, Dagobert, nous rentrons maintenant.

— Il cherche un train fantôme », s'écria Mick.

Cette plaisanterie les fit tous rire, excepté Annie. Ils retournèrent au camp, heureux à la perspective du repos après cette longue marche.

Dagobert les suivait de loin en ruminant ses griefs. Ils trouvèrent M. Clément qui les attendait ; la fumée bleue de sa pipe montait dans l'air du soir.

« Ah ! vous voilà, dit-il en levant vers eux ses yeux marron surmontés de sourcils en broussaille. Je commençais à me demander si vous vous étiez perdus. Je suppose que votre chien saurait vous ramener. »

Dagobert agita poliment la queue. « Ouah », dit-il, et il courut vers le seau d'eau pour étancher sa soif. Annie l'arrêta juste à temps.

« Non, dit-elle, c'est l'eau pour laver notre vaisselle ; la tienne est là-bas dans ce plat. »

Dagobert alla à son plat et se désaltéra ; il jugeait qu'Annie était vraiment très tatillonne.

La fillette demanda à M. Clément s'il voulait dîner.

« Nous ne ferons pas un repas compliqué, expliqua-t-elle ; nous avons goûté très tard, mais je vous ferai cuire quelque chose, si vous voulez, monsieur Clément.

— Vous êtes bien gentille ; moi aussi, j'ai beaucoup goûté, dit M. Clément. Je vous ai apporté un gâteau que ma femme a fait. Voulez-vous que nous le partagions ? Et j'ai une bouteille de sirop d'orange ; il sera très bon avec l'eau du ruisseau. »

Les garçons allèrent chercher de l'eau fraîche. Annie prépara des assiettes et coupa le gâteau en tranches.

« Vous vous êtes bien promenés ? demanda M. Clément.

— Oui, répondit Annie, mais nous avons

rencontré un homme très bizarre ; il n'a qu'une jambe et il nous a parlé des trains fantômes. »

M. Clément se mit à rire.

« Ah ! ça, alors ! Ce devait être le cousin d'une petite fille de ma connaissance qui croyait être assise sur un volcan. »

Annie se mit à rire.

« Ne me taquinez pas, monsieur Clément. C'est vrai, vous savez, ce vieux est gardien dans une espèce de vieille gare déserte et il a dit que, lorsque les trains fantômes passaient, il éteignait sa lumière et se fourrait sous son lit.

— Pauvre homme, dit M. Clément. J'espère qu'il ne vous a pas fait peur ?

— Oh ! si, un peu, avoua Annie ; il a jeté un caillou à Mick et l'a atteint à la tête. Demain nous irons à la ferme pour demander au petit garçon ce que c'est que ces trains fantômes. Nous avons rencontré un vieux berger qui les a entendus sans les voir.

— C'est palpitant, dit M. Clément ; ces histoires fantastiques ont, en général, une explication fort simple. Voulez-vous voir ce que j'ai trouvé aujourd'hui ? Un scarabée très rare et très intéressant. »

Il ouvrit une petite boîte et montra à Annie un scarabée qui avait des antennes vertes et une tache rouge sur le dos. La fillette le trouva très joli.

« Cela m'intéresse beaucoup plus qu'une bonne demi-douzaine de trains fantômes, dit-il à Annie ; les trains fantômes ne m'empêcheront pas de dormir cette nuit, mais la seule pensée de ce petit scarabée me tiendra sans doute éveillé.

— Je n'aime pas beaucoup les scarabées, pourtant celui-ci est ravissant. Vous pouvez passer toute une journée à chercher des insectes, monsieur Clément ? Cela ne vous ennuie pas ?

— C'est passionnant, répliqua M. Clément. Ah ! voici les garçons qui apportent de l'eau. Nous allons manger le gâteau. Où est Claude ? Oh ! elle est là-bas, elle change de souliers. »

Claude, qui avait une ampoule, avait mis un peu de pommade sur son talon ; elle arriva et le gâteau fut distribué. Ils s'assirent en cercle pour le déguster pendant que le soleil déclinait.

« Il fera beau demain, observa François. Que ferons-nous ?

— Il faudra d'abord aller à la ferme, déclara Mick. La fermière a promis de nous donner du pain, et nous pourrons aussi acheter des œufs. Nous avions emporté huit œufs aujourd'hui et il ne nous en reste plus. Et qui a mangé toutes les prunes, j'aimerais bien le savoir ?

— Vous tous, répliqua Annie. Vous êtes tellement gourmands.

— Moi aussi, s'excusa M. Clément, moi aussi. J'en ai dévoré je ne sais combien ce matin, Annie.

— Les autres en ont mangé beaucoup plus, dit Annie, mais nous pourrons facilement nous en procurer d'autres. »

C'était bon de se reposer en causant et en buvant du sirop d'orange. Accablés par une agréable et saine lassitude, les enfants pensaient avec plaisir aux sacs de couchage.

Dagobert leva la tête et bâilla.

« Dagobert, je peux voir tout ton intérieur jusqu'à ta queue, dit Claude ; ferme la bouche, tu nous donnes envie de t'imiter. »

C'était vrai. M. Clément lui-même bâilla. Il se leva.

« Je vais me coucher, dit-il. Bonsoir. Nous ferons des projets demain matin. Je vous apporterai quelque chose pour déjeuner ; j'ai des tas de boîtes de sardines.

— Merci, dit Annie, il reste encore du gâteau. J'espère que vous ne trouverez pas que c'est un déjeuner un peu bizarre, monsieur Clément, des sardines et du gâteau ?

— Pas du tout, cela me paraît un repas très bien composé, dit M. Clément qui descendait déjà la colline. Bonsoir. »

Les enfants restèrent encore un moment sans bouger. Le vent fraîchissait. Dagobert se remit à bâiller.

« Il est temps de se coucher, dit François. Bonsoir, petites. La nuit sera très belle. Malheureusement, comme je dormirai dans deux minutes, je n'en jouirai pas. »

Les filles entrèrent dans leur tente et furent bientôt dans leur sac de couchage. Une vibration indiqua le passage d'un train, mais aucun bruit ne l'accompagnait.

Deux minutes après, Annie et Claude dormaient profondément.

Les garçons étaient encore éveillés ; eux aussi avaient senti le tremblement de la terre sous eux, et leur pensée se tourna aussitôt vers la vieille gare.

« C'est rudement drôle cette histoire de trains fantômes, Mick, dit François. Je me demande ce qu'il y a de vrai là-dedans.

— Absolument rien, sans doute, dit Mick. Tout de même, nous irons demain à la ferme et nous aurons une petite conversation avec le garçon ; il habite ici depuis longtemps et il doit savoir la vérité.

— La vérité, c'est que le vieux Thomas est loufoque ; il débite des tas de sornettes, et le berger, comme tous les gens de la campagne, est superstitieux et prêt à croire tout ce qu'on lui dit.

— Tu as sans doute raison, approuva Mick. Cristi, qu'est-ce que c'est que ça ? »

Une ombre noire se faufilait dans la tente en poussant un petit gémissement.

« Oh ! c'est toi, Dagobert. Fiche-nous la paix. Ne fais pas semblant d'être un train fantôme. Va-t'en. Si tu t'approches de moi, je t'enverrai rouler jusqu'en bas de la colline. »

Dagobert posa la patte sur François, et François cria :

« Claude, rappelle ton chien, il me prend pour un vieux tapis. »

Claude ne répondit pas. Dagobert, vexé de cet accueil, disparut ; il retourna auprès de Claude et se coucha en rond sur les pieds de la fillette. Puis, le museau sur les pattes, il s'endormit.

« Dagobert le fantôme, murmura François. Le fantôme Dagobert. Je veux dire..., qu'est-ce que je veux dire...

— Tais-toi, ordonna Mick. Vous m'empêchez de dormir, Dagobert et toi. »

Mais avant même d'avoir fini sa phrase, François était endormi, et le silence tomba sur le petit camp. Personne n'entendit le grondement du train suivant, pas même Dagobert.

Chapitre 6

La journée à la ferme

Le lendemain, les enfants se levèrent de très bonne heure. M. Clément, lui aussi, était matinal et ils déjeunèrent tous ensemble. M. Clément avait apporté une carte des environs et il l'étudia avec soin après le déjeuner.

« Je vais faire une excursion qui durera toute la journée, dit-il à François qui était assis près de lui. Vous voyez cette petite vallée ? Eh bien, j'ai entendu dire qu'il y a là les scarabées les plus rares de France. J'ai l'intention de l'explorer pour voir si c'est vrai. Et vous autres, qu'allez-vous faire, tous les quatre ?

— Cinq, protesta Claude. Vous avez oublié Dagobert.

— C'est vrai, je lui demande pardon, dit M. Clément d'un ton solennel. Eh bien, qu'allez-vous faire ?

— Nous allons à la ferme pour acheter du pain et des œufs, dit François, et demander au fils du fermier s'il sait quelque chose sur les trains fantômes ; nous visiterons les étables et nous ferons la connaissance des animaux. J'adore les fermes.

— C'est parfait, dit M. Clément en bourrant sa pipe. Ne vous inquiétez pas si je ne rentre pas avant le crépuscule. Quand je suis à la chasse aux insectes, j'oublie l'heure.

— Vous êtes sûr que vous ne vous perdrez pas ? » demanda Annie avec anxiété.

Elle était certaine que M. Clément ne pourrait pas retrouver tout seul son chemin.

« Oh ! non, mon oreille droite m'avertit si je m'égare, dit M. Clément, elle remue très fort. »

Il la remua, et Annie se mit à rire.

« Je voudrais savoir comment vous faites cela, dit-elle. J'en aurais un succès à la pension si j'étais capable de vous imiter. »

M. Clément se leva.

« À ce soir, dit-il, je me sauve. Si je restais une minute de plus, Annie m'obligerait à lui livrer mon plus cher secret. »

Il descendit la colline et retourna chez lui. Claude et Annie lavèrent la vaisselle pendant que les garçons resserraient les cordes des tentes qui s'étaient relâchées.

« Je suppose qu'on peut laisser tout comme cela, à l'abandon, dit Annie anxieusement.

— C'est bien ce que nous avons fait hier, répliqua Mick. Je me demande qui viendrait nous voler. Il n'y a personne par ici. Tu n'imagines pas qu'un train fantôme va arriver pour entasser nos tentes dans son fourgon et filer à toute vitesse ?

— Ne fais pas l'idiot, s'écria Annie en riant. Je me demandais si nous devions laisser Dagobert pour garder le campement.

— Laisser Dagobert, s'exclama Claude indignée. Pauvre vieux ! Il s'ennuierait bien tout seul. Jamais je n'y consentirais. Tu as des idées stupides, Annie !

— N'en parlons plus ! Et espérons que nous retrouverons tout intact. Donne-moi ce torchon, Claude, si tu n'en as plus besoin. »

Bientôt les torchons furent suspendus sur les genêts où ils sécheraient au soleil. Tout était bien rangé dans les tentes. M. Clément leur cria « au revoir » et s'éloigna. Plus rien ne retenait les cinq dans le campement. Annie prit un panier et en donna un autre à François.

« Pour rapporter les provisions, dit-elle. Nous partons. »

Ils se mirent en route au milieu des bruyères ; les fleurs exhalaient une odeur de miel, et les abeilles s'en donnaient à cœur joie. C'était une belle journée, et les enfants se sentaient libres et heureux. Ils atteignirent bientôt la jolie petite ferme. Plusieurs hommes travaillaient dans les champs, mais François eut l'impression qu'ils n'apportaient pas beaucoup d'ardeur à leur besogne. Il se mit à la recherche du petit garçon de la ferme. Celui-ci sortit d'un hangar et les héla.

« Vous voulez des œufs ? J'en ai mis de côté pour vous. »

Il regarda fixement Annie.

« Vous n'êtes pas venue hier. Comment vous appelez-vous ?

— Annie, et vous ?

— Jacquot », dit l'enfant en riant.

C'était un garçon sympathique qui avait des cheveux couleur de paille, des yeux bleus, un visage rouge et une expression gaie et gentille.

« Où est ta maman ? demanda François. Pouvons-nous avoir du pain ? Nous avons presque tout mangé hier et nous avons bien besoin de quelques provisions.

— Elle est occupée à la laiterie, dit Jacquot. Vous êtes pressés ? Venez voir mes petits chiens. »

Ils le suivirent dans un hangar. Là, ils aperçurent une grande caisse pleine de paille où était couchée une chienne entourée de quatre amours de chiots. Elle se mit à aboyer à la vue de Dagobert qui se hâta de battre en retraite. Il savait par expérience que les mères sont prêtes à tout pour défendre leurs petits. Les quatre enfants s'exclamèrent sur la beauté des petits chiens, et Annie en prit un dans ses bras.

« Que je voudrais qu'il soit à moi, dit Annie. Je l'appellerais "Mignon".

— Quel nom affreux pour un chien, s'écria Claude avec mépris. Un nom idiot ; ça te ressemble bien de le choisir, Annie. Donne-moi ce chien. Est-ce qu'ils sont tous à vous, Jacquot ?

— Oui, dit Jacquot avec fierté. La mère est à moi ; elle s'appelle Diane. »

Diane dressa les oreilles en entendant son nom

et fixa des yeux brillants sur son jeune maître. Il caressa sa tête soyeuse.

« Je l'ai depuis quatre ans, dit-il ; quand nous étions à la ferme des Trois Chemins, un voisin me l'a donnée ; elle avait à peine huit semaines.

— Oh ! tu étais dans une autre ferme avant celle-ci ? demanda François ; tu as toujours vécu dans une ferme ? Ça, c'est de la chance.

— J'ai habité deux fermes seulement, dit Jacquot ; la ferme des Trois Chemins et celle-ci. Maman et moi nous avons été obligés de quitter la ferme des Trois Chemins quand papa est mort, et nous avons habité en ville pendant deux ans. Je ne m'y plaisais pas du tout ; j'ai été bien content de venir au Grand Chêne.

— Tiens, je croyais que ton père était ici, remarqua Mick surpris.

— C'est mon beau-père, expliqua-t-il. Il n'est pas fermier. »

Il jeta un regard autour de lui et baissa la voix.

« Il ne sait pas grand-chose sur la culture ; c'est ma mère qui commande les ouvriers, mais il lui donne beaucoup d'argent, et nous avons de belles machines, des voitures. Vous voulez voir la laiterie ? Elle est tout à fait moderne, et maman aime y travailler. »

Jacquot conduisit les quatre enfants dans la laiterie reluisante de propreté où sa mère s'affairait avec une servante. Elle sourit à ses jeunes visiteurs.

« Bonjour. Vous avez encore faim ? Je remplirai vos paniers quand j'aurai fini mon travail. Voulez-vous déjeuner avec mon Jacquot ? Il est très seul ici pendant les vacances et il n'a personne pour lui tenir compagnie.

— Oh ! nous pouvons rester ? cria Annie, ravie. J'aimerais tant ! Tu veux bien, François ?

— Bien sûr. Merci beaucoup, madame, dit François.

— Je suis Mme André, dit la mère de Jacquot. Mais Jacquot s'appelle Jacquot Robin ; c'est le fils de mon premier mari qui était fermier. Vous resterez à déjeuner et vous ferez un repas si copieux que vous ne penserez plus à manger de toute la journée. »

La perspective était agréable, et cette invitation comblait de joie les quatre enfants. Dagobert agita la queue avec énergie. Mme André lui plaisait beaucoup.

« Venez, dit gaiement Jacquot. Je vais vous faire visiter la ferme. Elle n'est pas très grande, mais ça sera bientôt la plus belle ferme du plateau. »

Les enfants eurent l'impression que les machines représentaient le dernier cri du modernisme. Ils examinèrent une lieuse toute neuve ; ils entrèrent dans l'étable et admirèrent les dalles blanches et les murs de briques blancs ; ils montèrent dans les charrettes peintes en rouge et ils auraient bien voulu essayer les deux tracteurs qui étaient côte à côte dans une grange.

« Vous avez beaucoup d'ouvriers agricoles, observa François ; je n'aurais pas cru qu'il en fallait tant pour cette petite propriété.

— Ce sont des fainéants, dit Jacquot les sourcils froncés. Maman est furieuse contre eux ; ils ne connaissent pas leur métier ; papa lui procure beaucoup d'hommes pour labourer et moissonner, mais il les choisit mal ; ils n'aiment pas le travail des champs et, chaque fois qu'ils le peuvent,

ils filent en ville. Nous n'avons qu'un bon tra-
vailleur et il est vieux ! Vous le voyez, là-bas ? Il
s'appelle Anatole. »

Les enfants regardèrent Anatole occupé à
désherber le potager. C'était un vieillard aux yeux
très bleus dans un visage ridé. « Oui, on voit tout
de suite que c'est un campagnard, dit François.
Les autres ont l'air de citadins.

— Il ne s'entend pas avec eux, dit Jacquot ; il
les traite de paresseux et de ganaches.

— Qu'est-ce que ça veut dire, "ganaches" ?
demanda Annie.

— Ça veut dire idiots, petite sotte », riposta
Michel.

Il s'approcha du vieil Anatole.

« Bonjour, dit-il, vous êtes très occupé. Il y a beaucoup à faire dans une ferme, n'est-ce pas ? »

Le vieux leva vers Mick ses yeux de brave homme et reprit aussitôt sa besogne.

« Beaucoup à faire, oui, mais y en a ici des tire-au-flanc, je vous jure, dit-il d'une voix enrouée. Je ne croyais pas qu'un jour je travaillerais avec de si grands paresseux. Non, je ne le croyais pas.

— Qu'est-ce que je vous avais dit ! s'écria Jacquot en riant. Il est toujours en train d'injurier les autres. Aussi il faut les séparer et le laisser travailler tout seul. Mais il a raison, la plupart des types qui sont ici ne savent absolument rien faire. Mon beau-père ferait mieux d'embaucher des gens sérieux que ces bons à rien.

— Où est-il ton beau-père ? » demanda François.

Seul un original, pensait-il, pouvait dépenser tant d'argent en machines neuves et pourtant choisir des ouvriers incapables.

« Il est absent pour la journée, dit Jacquot. Grâce à Dieu ! ajouta-t-il en jetant un regard de côté sur ses nouveaux amis.

— Pourquoi ? Tu ne l'aimes pas ? demanda Mick.

— Il est gentil, reconnut Jacquot, mais malgré les airs qu'il se donne, ce n'est pas un vrai fermier. Et puis il ne m'aime pas beaucoup ; j'essaie de l'aimer à cause de maman, mais je suis bien content quand il s'en va.

— Ta maman est gentille, dit Claude.

— Oh oui ! Maman est épatante, approuva Jacquot. Vous ne pouvez pas vous imaginer comme elle est contente d'avoir une ferme et de posséder toutes ces machines. »

Ils arrivèrent à une grange ; la porte était fermée à clef.

« Je vous avais déjà dit ce qu'il y avait là-dedans, déclara Jacquot. Des camions ! Regardez-les par cette fente. Je ne sais pas pourquoi mon beau-père en a acheté plusieurs à la fois ; il a eu sans doute une occasion. Il aime acheter les choses bon marché et les revendre cher. Il dit que ces camions seront utiles pour porter les récoltes au marché.

— Oui, tu nous l'as déjà dit hier, observa Mick. Mais vous avez des tas de charrettes.

— Peut-être bien que les camions ne sont pas pour la ferme et que mon beau-père les garde en attendant que les prix montent, dit Jacquot en baissant la voix. Je ne le dis pas à maman ; ça pourrait l'ennuyer. »

Les filles aussi bien que les garçons écoutaient Jacquot avec intérêt. Ils auraient bien voulu voir M. André. Ce devait être un drôle d'homme, pensaient-ils. Annie essayait d'imaginer son aspect. « Il doit être grand et gros, brun, les sourcils toujours froncés, brusque et impatient, se dit-elle, et certainement il n'aime pas les enfants ; les gens comme lui n'aiment jamais les enfants. »

Ils passèrent une agréable matinée à aller et venir dans la petite ferme ; ils retournèrent rendre visite à Diane et à ses petits. Dagobert attendit dehors, la queue entre les jambes, furieux de voir que Claude pouvait s'intéresser à d'autres chiens que lui.

Soudain, une cloche retentit.

« C'est le déjeuner, dit Jacquot. Allons faire un brin de toilette ; nous sommes très sales. J'espère

59

que vous avez faim. Maman a certainement pré-
paré quelque chose de bon.

— J'ai une faim de loup, dit Annie. Comme si
je n'avais rien mangé depuis huit jours. »

Tous auraient pu en dire autant. Ils entrèrent
dans la ferme.

Une odeur appétissante montait de la cuisine.
Les enfants allèrent à la salle de bain.

« Vite, dit Jacquot en prenant le savon ; dépê-
chons-nous ; nous serons prêts dans une minute,
maman. »

Leur toilette n'en demanda guère davantage.
Qui passerait des heures à se laver quand un bon
repas attend dans la salle à manger ?

M. André fait son apparition

Ils s'assirent autour de la table chargée de bonnes choses : un pâté en croûte, un jambon, de la salade, des pommes de terre en robe des champs. Que tout cela était appétissant !

« Nous allons commencer par le pâté, dit Mme André, puis ce sera le tour du jambon. Dans une ferme, la nourriture est très simple, mais tout est de bonne qualité. »

Le dessert se composait de prunes et de tartes à la confiture sur lesquelles on pouvait verser une crème épaisse et délicieuse.

« Je n'ai jamais fait un aussi bon repas, déclara Annie quand elle fut rassasiée. Je voudrais bien manger un peu plus, mais impossible. Vous nous avez gâtés, madame André.

— C'était formidable ! » approuva Mick. C'était son adjectif favori. « Absolument formidable ! »

« Ouah ! Ouah ! » dit Dagobert à son tour.

Mme André lui avait rempli une assiette avec des os, du pain et de la sauce et il n'en avait pas laissé une miette. Une bonne sieste au soleil et son bonheur serait complet. Les enfants éprouvaient le même désir. Mme André leur donna un morceau de chocolat à chacun et les envoya dehors.

« Allez vous reposer, dit-elle. Vous bavarderez avec Jacquot ; il n'a pas assez de compagnons de son âge pendant les vacances. Vous reviendrez goûter avec lui.

— Oh ! merci », s'écrièrent les enfants.

Sûrement ils seraient incapables d'avaler une bouchée, mais ils acceptaient l'invitation pour prolonger leur séjour à la ferme.

« Est-ce que nous pourrons prendre un des petits chiens ? demanda Annie.

— Si Diane le permet, dit Mme André qui débarrassait la table, et si Dagobert promet de ne pas le dévorer.

— Oh ! non, Dagobert est trop bien élevé, répliqua Claude. Va chercher le petit chien, Annie ; pendant ce temps nous choisirons une place agréable au soleil. »

Annie alla chercher le chiot. Diane lui fit confiance et ne s'y opposa pas. Le petit animal serré contre sa poitrine, elle alla rejoindre les autres, déjà installés au soleil contre une meule de foin.

« Vos hommes prennent leur temps pour déjeuner », dit François en remarquant que les champs étaient déserts.

Jacquot poussa une exclamation de mépris.

« Ils sont fainéants comme des loirs. À la place

de mon beau-père, je les mettrais tous à la porte. Maman lui dit bien qu'ils ne font rien, mais il se contente de hausser les épaules. Moi, ça ne me regarde pas, ce n'est pas moi qui les paie. Si je les payais, je les renverrais.

— Interrogeons Jacquot sur les trains fantômes, dit Claude en caressant Dagobert.

— Des trains fantômes, qu'est-ce que c'est que ça ? demanda Jacquot les yeux écarquillés par la surprise. C'est la première fois que j'entends parler d'une chose pareille.

— Vraiment ? demanda Mick. Pourtant tu n'habites pas très loin d'eux, Jacquot !

— Racontez-moi ça, dit Jacquot. Des trains fantômes ? Je ne savais pas que ça existait.

— Je vais te dire ce que nous avons découvert, reprit François. Nous espérions que tu pourrais nous renseigner, car nous ne savons pas grand-chose. »

Il raconta à Jacquot leur visite à la gare déserte et répéta les paroles de Thomas à la jambe de bois. Jacquot l'écouta avec un étonnement croissant.

« Que j'aurais voulu être avec vous ! Descendons là-bas ensemble, voulez-vous, cria-t-il. En voilà une histoire ! Figurez-vous que je n'ai jamais eu une seule aventure de toute ma vie, pas même une petite. Et vous ? »

Les quatre enfants échangèrent un regard, et Dagobert adressa à Claude un jappement de complicité.

Des aventures ! Ils savaient ce que c'était ; ils en avaient l'expérience.

« Oui, nous avons eu des aventures, des formidables, dit Mick. Nous avons été emprisonnés

63

dans des cachots ; nous nous sommes perdus dans des souterrains ; nous avons trouvé des passages secrets ; nous avons cherché des trésors. Je ne peux pas te raconter tout, ce serait trop long.

— Pas possible ? s'écria Jacquot sidéré. C'est vrai, il vous est arrivé tout cela ? À la petite Annie aussi ?

— Oui, tous, dit Claude, et Dagobert aussi. Il nous a sauvés je ne sais combien de fois de dangers épouvantables, n'est-ce pas, Dago ?

— Ouah, ouah », dit Dagobert, et il frappa sa queue contre la meule.

Les enfants se mirent à raconter à Jacquot les péripéties des vacances précédentes ; il les écoutait bouche bée, et, aux endroits les plus dramatiques du récit, il perdait la respiration.

« Sapristi ! dit-il enfin ; je n'ai jamais rien entendu d'aussi palpitant. Quels veinards vous êtes ! Il vous arrive tout le temps des choses extraordinaires. Et pendant ces vacances, croyez-vous que vous aurez une autre aventure ? »

François se mit à rire.

« Non. Que pourrait-il se passer sur ce plateau désert ? Tu vois, toi, tu habites ici depuis longtemps et il ne t'est jamais rien arrivé !

— C'est vrai, soupira Jacquot, jamais. »

Mais brusquement ses yeux brillèrent.

« Ces trains fantômes, dont vous parlez, c'est peut-être le début d'une histoire formidable ?

— Oh ! non, je n'y tiens pas du tout, protesta Annie d'une voix horrifiée. Des trains fantômes, ce doit être affreux.

— J'aimerais vous accompagner dans cette vieille gare et voir Thomas à la jambe de bois, dit Jacquot. Le vieux me jetterait peut-être des cailloux. Promettez-moi de m'emmener la prochaine fois que vous irez.

— Nous n'avons pas l'intention d'y retourner, répliqua François. L'histoire n'a ni queue ni tête. Le bonhomme est devenu complètement fou d'être toujours dans cette gare déserte. Il croit entendre les trains qui passaient autrefois quand le tunnel servait encore.

— Mais le berger a dit la même chose que Thomas, remarqua Jacquot. Allons là-bas une nuit, nous verrons bien s'il y a des trains fantômes.

— Non, s'écria Annie horrifiée.

— Tu n'aurais pas besoin de venir, dit Jacquot, simplement les garçons, nous trois.

— Et moi, dit Claude immédiatement. Je suis aussi courageuse qu'un garçon et je ne veux pas rester à l'écart. Dagobert viendra aussi.

— Oh ! je vous en prie, ne faites pas ces affreux projets, supplia la pauvre Annie. Ça finira par une catastrophe ! »

Mais les autres ne l'écoutaient pas. Jacquot était rouge et surexcité. Son ardeur se communiqua à François.

« Eh bien, acquiesça-t-il, si nous décidons d'aller là-bas pour guetter les trains fantômes, nous t'emmènerons avec nous. »

Jacquot était radieux.

« Ça c'est chic, dit-il. Merci beaucoup. Des trains fantômes ! Comme je voudrais en voir un ! Qui les conduit ? D'où viennent-ils ?

— Ils sortent du tunnel à ce que prétend Thomas, expliqua Mick, mais seul leur bruit indique leur présence, parce que, paraît-il, les trains fantômes ne passent qu'en pleine nuit. Jamais le jour ! Nous ne verrions pas grand-chose si nous étions là-bas. »

Ce sujet passionnait Jacquot et il y revenait sans cesse. Annie qui, au contraire, le trouvait très ennuyeux, finit par s'endormir, le petit chien dans ses bras. Dagobert se pelotonna auprès de Claude et s'offrit une bonne sieste. Il aurait préféré une promenade, mais il comprit que ses amis se trouvaient bien où ils étaient et se résigna à l'immobilité.

Le temps passa rapidement et l'heure du goûter arriva. En entendant la cloche, Jacquot sursauta.

« Le goûter ! Je ne croyais pas qu'il était si tard. J'ai passé une journée épatante. Écoutez, si vous ne vous décidez pas à aller à la chasse aux trains fantômes, je crois que j'irai seul. Si je pouvais avoir une aventure dans le genre des vôtres, je serais si heureux. »

Ils retournèrent à la ferme après avoir eu quelque peine à réveiller Annie ; la fillette rapporta le petit chien à Diane qui le reçut avec des transports de joie et se mit en devoir de lui faire une toilette soignée.

François fut surpris de constater qu'il avait faim.

« J'étais pourtant bien certain de ne pas pouvoir avaler une bouchée d'ici à la fin de la semaine, dit-il en s'asseyant à la table. Quel bon goûter, madame André ! »

On aurait mangé sans appétit, rien que par gourmandise. Tout était si tentant : la brioche faite à la maison, les tartines de beurre, le fromage à la crème, le pain d'épice qui sortait du four, la grande tarte aux prunes.

« Que je regrette d'avoir été si gloutonne à midi, soupira Annie. Je pourrai à peine avaler un petit morceau de ces bons gâteaux. Quel dommage ! »

Mme André se mit à rire.

« Vous emporterez ce qui vous fera envie. Du fromage à la crème, de la brioche, du miel, une grosse miche et aussi du pain d'épice ; j'en ai fait une quantité.

— Oh ! merci, dit François. Demain nous ne risquerons pas de mourir de faim ; vous êtes une cuisinière merveilleuse, madame André ; je voudrais bien habiter votre ferme. »

Soudain le ronronnement d'un moteur se fit entendre, et Mme André leva la tête.

« C'est M. André qui revient, dit-elle. Mon mari, le beau-père de Jacquot. »

François eut l'impression qu'elle était inquiète. Peut-être M. André n'aimait-il pas les enfants et ne serait-il pas content de trouver la maison pleine à son retour.

« Nous allons partir, madame André, dit-il poliment. M. André est sans doute fatigué de sa journée ; il désirera se reposer et nous sommes si nombreux... »

La mère de Jacquot secoua la tête.

« Non, restez, je lui servirai du café dans une autre pièce, s'il préfère. »

M. André entra. Il n'était pas du tout tel qu'Annie et les autres l'avaient imaginé. C'était un petit homme brun, sans personnalité, avec un nez beaucoup trop grand pour son visage. Il paraissait las et de mauvaise humeur et s'arrêta net à la vue des cinq enfants.

« Bonsoir, dit Mme André. Jacquot a invité ses

petits amis aujourd'hui. Veux-tu que je te serve un peu de café dans ta chambre ? Ce sera facile.

— Si ça ne te dérange pas trop, répondit M. André avec un sourire mi-figue mi-raisin ; j'ai eu une journée harassante et je n'ai pour ainsi dire pas déjeuné.

— Je t'apporterai du jambon et de la tarte, promit sa femme, c'est l'affaire d'une minute. »

M. André sortit. Annie n'en revenait pas qu'il fût si petit et eût l'air si stupide ; elle l'avait imaginé grand, les épaules carrées, avec l'assurance des brasseurs d'affaires ; mais sûrement ses dehors modestes cachaient une vive intelligence puisqu'il gagnait tant d'argent et achetait de si belles machines pour la ferme.

Mme André s'affaira et prépara un plateau avec un napperon d'une blancheur de neige. M. André monta dans la salle de bain et on entendit couler l'eau ; puis il descendit et s'arrêta sur le seuil de la porte.

« Mon café est prêt ? demanda-t-il. Eh bien, Jacquot, tu as passé une bonne journée ?

— Formidable ! » répondit Jacquot, tandis que son beau-père prenait le plateau des mains de Mme André et se retournait pour partir. « Ce matin, nous avons visité toute la ferme et cet après-midi nous avons parlé pendant des heures. Dis donc, papa, tu savais qu'il y avait des trains fantômes ? »

M. André, qui s'éloignait déjà, fit brusquement demi-tour.

« Des trains fantômes ? Qu'est-ce que tu racontes ?

— François m'a raconté qu'il y a une gare abandonnée assez loin d'ici et un tunnel d'où sortent des trains fantômes la nuit, dit Jacquot. Tu ne le savais pas ? »

M. André restait immobile, les yeux fixés sur son beau-fils, l'air consterné et indigné, puis il revint dans la salle à manger et ferma la porte d'un coup de pied.

« Je boirai mon café ici, déclara-t-il. Ah ! quelqu'un a eu la langue trop longue et a révélé l'existence des trains fantômes ! J'ai eu bien soin de ne pas en parler à ta mère ni à toi, Jacquot, j'avais peur de vous effrayer.

— Cristi ! s'écria Mick, c'est donc vrai ! C'est impossible...

— Dites-moi ce que vous avez appris et qui a bavardé, les gosses », ordonna M. André en posant son plateau sur la table et en s'asseyant. « N'oubliez aucun détail. Je veux tout savoir. »

François eut une hésitation.

« Oh ! il n'y a pas grand-chose à dire, monsieur, c'est si stupide.

— Racontez-moi tout, insista M. André d'un accent impérieux. Après, moi je parlerai, et je puis déjà vous assurer que vous ne remettrez plus les pieds dans cette gare, je vous en donne ma parole. »

Chapitre 8

Une soirée de paresse

Les cinq enfants et Mme André le regardèrent avec surprise. Il répéta d'un ton plus énergique encore : « Dites-moi tout ce que vous savez, puis moi je parlerai. » François se décida à raconter brièvement ce qui s'était passé à la gare et ce qu'avait dit le vieux Thomas. Résumée en quelques mots, l'histoire paraissait complètement stupide. M. André l'écouta avec la plus grande attention, les yeux fixés sur le jeune narrateur. Puis il se renversa sur son siège et vida d'un trait sa tasse de café. Les enfants attendaient ses commentaires, bouillants de curiosité.

« Écoutez-moi bien maintenant, dit-il d'une voix solennelle en détachant chaque mot. Qu'aucun de vous ne redescende là-bas. C'est un endroit dangereux.

— Pourquoi ? demanda François. Qu'y risque-t-on ?

— Des événements malheureux ont eu lieu là-bas, il y a des années et des années, dit M. André ; des accidents, peut-être des crimes ; aussitôt après, la gare a été fermée et le tunnel n'a plus servi. Vous comprenez, personne n'avait l'autorisation d'aller là-bas et personne n'en avait envie ; on avait peur ; on savait que c'était un endroit dangereux où se passaient des choses étranges. »

Annie ne put s'empêcher de frissonner.

« Monsieur André, vous ne voulez pas dire qu'il y a vraiment des trains fantômes ? » demanda-t-elle toute pâle.

M. André pinça les lèvres et hocha solennellement la tête.

« C'est justement ce que je veux dire : des trains fantômes font la navette entre la gare et le tunnel. Personne ne sait pourquoi ; mais ils portent malheur à ceux qui sont sur leur passage. Ils pourraient même vous enlever, voyez-vous, et on ne vous reverrait jamais plus. »

François se mit à rire.

« C'est impossible, monsieur. Mais vous faites peur à Annie. Parlons d'autre chose. Je ne crois pas aux trains fantômes. »

M. André refusa de changer de conversation.

« Thomas à la jambe de bois a raison de se

cacher quand les trains passent, dit-il. Je me demande comment il peut rester dans un endroit pareil. Moi, je n'oserais pas. On ne sait jamais à quel moment un train va sortir de ce vieux tunnel dans l'obscurité. »

François ne put en supporter davantage. Annie serait malade de peur. Il se leva de table et se tourna vers Mme André.

« Je vous remercie beaucoup de cette agréable journée et de ces bons repas, dit-il. C'est l'heure de retourner au camp. Viens, Annie.

— Une minute, interrompit M. André. Je vous défends formellement d'aller dans cette gare. Tu m'entends, Jacquot ? Tu n'en reviendrais peut-être jamais. Le vieux Thomas à la jambe de bois est fou, et ce n'est pas étonnant, on le serait à moins. C'est un endroit dangereux ; je ne veux pas que tu y ailles, Jacquot. Ni vous non plus, mes amis.

— Merci de cet avertissement, monsieur », dit poliment François, saisi d'une violente antipathie pour ce petit homme au grand nez. « Nous partons. Au revoir, madame André, au revoir, Jacquot. Viens demain, nous ferons un pique-nique, veux-tu ?

— Oh ! merci, oui, je viendrai, dit Jacquot. Mais attendez, vous n'emportez pas de provisions ?

— Bien sûr que si », dit Mme André qui avait écouté la conversation avec une expression de surprise consternée.

Elle se leva, alla dans l'arrière-cuisine et ouvrit le réfrigérateur. François la suivit, chargé de deux paniers.

« Je vais vous donner de quoi vous régaler, dit

Mme André en remplissant les paniers de pain, de beurre, de fromage à la crème. Les jeunes comme vous ont bon appétit. Ne prenez pas trop au tragique les paroles de mon mari ; la pauvre petite Annie était toute pâle de frayeur. Je n'ai jamais entendu parler des trains fantômes et je suis ici depuis trois ans ! Il s'agit sans doute d'un conte à dormir debout, bien que mon mari vous défende avec tant d'insistance de retourner là-bas. »

François garda le silence ; il pensait que M. André s'était conduit d'une façon étrange. Était-il de ces gens qui croient à tous les racontars et que tout effraie ? Il avait l'air assez sot pour cela. François se demandait comment une femme comme Mme André avait pu épouser un tel homme. Cependant M. André était généreux à en juger d'après ce que Jacquot avait dit, et peut-être la mère de Jacquot lui était-elle reconnaissante de lui avoir donné la ferme et l'argent pour la diriger. Oui, ce devait être cela !

François remercia Mme André et insista pour payer ce qu'il emportait. Elle lui aurait volontiers fait cadeau de toutes les provisions et ne voulut accepter qu'une somme dérisoire. Quand ils retournèrent dans la cuisine, les autres enfants étaient déjà sortis. M. André, resté seul, mangeait son jambon.

« Au revoir, monsieur, dit poliment François.

— Au revoir, et rappelez-vous ce que je vous ai dit, reprit M. André. Les trains fantômes portent malheur. Oui, je vous assure, tenez-vous loin d'eux. »

François sourit poliment et sortit.

C'était le soir, et le soleil se couchait derrière

74

les collines. Le jeune garçon rattrapa ses compagnons. Jacquot était avec eux.

« Je vous accompagne jusqu'à mi-chemin, annonça ce dernier. Dites donc, mon beau-père a l'air d'avoir rudement peur des trains fantômes !

— J'ai eu peur aussi, dit Annie ; je ne descendrai plus jamais dans cette gare. Et toi, Claude ?

— Si les garçons y vont, j'irai avec eux, déclara Claude qui, pourtant, ne paraissait pas très à son aise.

— Avez-vous l'intention d'y aller ? demanda Jacquot. Moi, je n'ai pas peur du tout ; ce serait une véritable aventure d'aller guetter les trains fantômes.

— Nous irons peut-être, dit François ; nous t'emmènerons, si tu veux, mais les filles ne viendront pas.

— Je voudrais bien voir ça ! s'écria Claude avec colère... Comme si j'allais accepter de rester à l'écart ! Ai-je jamais eu peur de quelque chose ? Je suis aussi courageuse que vous.

— Oui, je le sais. Tu pourras venir quand nous aurons découvert que c'est une histoire stupide, dit François.

— Je vous accompagnerai quand vous irez, riposta Claude prête à monter sur ses grands chevaux. Vous n'oserez pas partir sans moi, j'espère ; si vous le faisiez, tout serait fini entre nous. »

Jacquot fut surpris par ce brusque accès de colère ; il ne savait pas combien Claude était « soupe au lait ».

« Je ne vois pas pourquoi Claude ne viendrait pas avec nous, dit-il ; je l'ai prise pour un garçon la première fois que je l'ai vue. »

Claude lui adressa son plus charmant sourire. Ce compliment lui allait droit au cœur. Mais François resta inflexible.

« Les filles resteront au camp. Annie n'accepterait pas de venir et elle ne peut pas rester seule ; elle aurait peut-être peur. Claude lui tiendra compagnie.

— Elle n'aurait qu'à se réfugier auprès de M. Clément, dit Claude qui se remit à bouder.

— Idiote ! Comme si nous allions raconter à M. Clément que nous allons explorer une gare abandonnée, gardée par un vieux fou qui parle de trains fantômes ! s'écria François. Il nous empêcherait d'y aller ; tu sais bien comment sont les grandes personnes ! Ou il viendrait avec nous et ce serait encore plus ennuyeux.

— Oui, il verrait, lui, des papillons partout, renchérit Michel.

— Il faut que je retourne à la maison, déclara Jacquot ; j'ai passé une journée sensationnelle. À demain pour le pique-nique. Au revoir. » Les quatre enfants dirent au revoir à Jacquot et continuèrent leur route. Ils retrouvèrent avec plaisir le camp et les deux tentes caressées par un vent léger. Annie procéda aussitôt à l'inventaire et constata à son grand soulagement que rien n'avait disparu. Il faisait chaud à l'intérieur de la tente, et elle décida de mettre les provisions à l'abri d'un grand buisson de genêts où elles seraient au frais.

Pendant qu'elle rangeait soigneusement tout cela, les garçons descendirent chez M. Clément, mais le professeur n'était pas encore rentré.

« Annie, nous allons nous baigner dans le ruisseau, crièrent-ils ; nous avons chaud. Tu viens ? Claude nous accompagne.

— Non, je n'ai pas le temps, répondit Annie, j'ai trop de travail. »

Les garçons se mirent à rire. Annie prenait au sérieux son rôle de mère de famille. Ils n'insistèrent pas. Bientôt des cris et des rires se firent entendre ; l'eau était très froide, et les trois enfants n'eurent aucune envie de prolonger le bain, mais ils jouèrent à se poursuivre et à s'arroser mutuellement. Dagobert, lui, se montrait plus courageux et s'ébrouait gaiement dans le ruisseau.

« Quel poseur ! Regardez-le, cria Mick. Dago, j'aimerais avoir un manteau de fourrure comme le tien ; je ne sentirais pas le froid de l'eau.

— Ouah », dit Dagobert, et il remonta sur la berge, se secoua violemment et les aspergea tous les trois. Ils poussèrent des cris et le chassèrent.

Puis ils regagnèrent le camp et passèrent une agréable soirée de paresse. M. Clément ne se montra pas. Annie servit un léger dîner de fromage à la crème et de pain d'épice. Après les repas pantagruéliques de la ferme, cela suffisait amplement. Quand ils eurent mangé, ils s'allongèrent sur la bruyère et se mirent à parler. « Ce sont des vacances comme je les aime, déclara Mick.

— Moi aussi, approuva Annie, tout est parfait, à l'exception des trains fantômes.

— Ne dis pas de bêtises, Annie, s'écria Claude. Si les trains fantômes n'existent pas, c'est une histoire stupide ; s'ils existent, eh bien, c'est peut-être le début d'une aventure. »

Il y eut un petit silence.

« Est-ce que nous redescendrons dans cette gare ? demanda nonchalamment Mick.

— Oui, je crois, dit François. Je ne vais pas me laisser intimider par les avertissements de M. André.

— C'est ça, approuva Mick. Nous irons et nous verrons bien s'il y a des trains fantômes ou non.

— Je viendrai aussi, affirma Claude.

— Non, dit François, tu resteras avec Annie. »

Claude ne répondit pas, mais son expression ne présageait rien de bon.

« Faudra-t-il mettre M. Clément au courant de nos intentions ? demanda Mick.

— Bien sûr que non, protesta François, qui se mit à bâiller. Je meurs de sommeil. Et il fera bientôt tout à fait nuit. Je me demande où est M. Clément.

— Crois-tu qu'il faut que je l'attende pour lui servir à dîner ? interrogea Annie.

— Non, tu risquerais de rester debout jusqu'à minuit, dit François. Il a des provisions dans sa tente ; il ne mourra pas de faim. Je vais me coucher. Tu viens, Mick ? »

Les garçons furent bientôt dans leurs sacs de couchage ; les fillettes restèrent un moment allongées dans la bruyère à écouter les cris des courlis, puis elles se retirèrent dans ce qu'elles appelaient en riant leur palais. Mais François et Mick, au lieu de dormir, se mirent à parler à voix basse du sujet qui les préoccupait.

« Descendrons-nous à la gare en plein jour avec Jacquot ou bien irons-nous un soir pour guetter les trains de l'autre monde ? demanda François.

— Allons-y la nuit, conseilla Mick ; nous ne

verrons pas de trains fantômes en plein jour. Le vieux Thomas est un type très sympathique, surtout quand il vous jette des cailloux à la tête, mais je ne tiens pas du tout à faire plus ample connaissance avec lui.

— Eh bien, si Jacquot veut absolument y aller demain matin, nous l'accompagnerons. Nous pourrons toujours y retourner la nuit, si cela nous chante.

— Bon, nous verrons ce que dit Jacquot », répliqua Mick.

Ils parlèrent encore un moment, puis le sommeil les gagna. Mick commençait à s'assoupir, quand il entendit un bruissement dans la bruyère ; une ombre obscurcissait l'ouverture de la tente.

« Si tu oses entrer, gare à toi, s'écria Mick persuadé que Dagobert lui rendait visite. Je sais ce que tu viens faire... tu veux danser la gigue sur moi... File, tu entends ? »

La tête, dans l'ouverture de la tente, s'agita un peu, mais ne se retira pas. Mick se redressa d'un bond.

« Si tu mets une seule patte à l'intérieur de la tente, je t'envoie d'un coup de pied à l'autre bout du plateau, dit-il. Je t'aime beaucoup en plein jour, mais pas du tout la nuit quand je suis dans un sac de couchage. »

Soudain une voix sortit de l'ombre :

« Vous ne dormez pas, je crois ? Tout va bien ? Les petites aussi ? Je rentre à l'instant.

— Mon Dieu ! C'est M. Clément ! s'écria Mick, rempli d'horreur. Excusez-moi, monsieur, je croyais que c'était Dagobert qui venait se jeter sur moi comme il le fait souvent. Je suis désolé...

— Ça n'en vaut pas la peine, dit le professeur en riant. Je vois que vous êtes tous en bonne santé, c'est l'essentiel. À demain. »

Un visiteur nocturne

M. Clément fit la grasse matinée le lendemain et personne ne le dérangea. Les fillettes rirent beaucoup en apprenant la façon dont Mick l'avait accueilli la veille, alors qu'il croyait recevoir la visite de Dagobert.

« Il a été rudement chic, conclut Michel. Je crois même qu'il a trouvé le quiproquo amusant. J'espère que, ce matin, il n'aura pas changé d'avis. »

Ils étaient en train de prendre leur petit déjeuner, un petit déjeuner très consistant, ainsi que le leur avaient recommandé leurs parents, et qui comprenait non seulement du chocolat cuit, des tartines de beurre, mais aussi les bonnes choses que Mme André leur avait données la veille. Dagobert mendiait des bouchées de tous les côtés et se demandait si Claude lui donnerait un peu du fromage à la crème qu'elle étendait sur son pain. Dagobert adorait le fromage à la crème ; il regarda le plat et poussa un soupir ; il aurait volontiers fait disparaître tout son contenu d'un coup de langue et il regrettait sa bonne éducation qui l'en empêchait.

« Je me demande à quelle heure viendra Jacquot, dit Claude. S'il arrivait de bonne heure, nous pourrions faire une bonne promenade sur le plateau et pique-niquer quelque part. Jacquot doit connaître des coins agréables.

— Oui, mettons vite tout en ordre et quand il sera là, nous le prendrons pour guide et nous lui dirons de nous montrer le plus joli site des environs, dit Annie. Oh ! Dagobert. Vilain ! Tu m'as pris ma bonne tartine de fromage à la crème.

— Ça t'étonne ! Pourquoi l'agitais-tu sous son nez ? demanda Claude. Il a cru que tu la lui offrais.

— Eh bien, il n'en aura plus, dit Annie, ce sera sa punition. Quels gourmands nous sommes ! Nous charrions des quantités de provisions et elles sont tout de suite finies.

— Je parie que Jacquot apportera quelque chose, dit Mick. C'est un chic type. Avez-vous jeté un coup d'œil dans l'immense réfrigérateur de sa mère ? Toutes les étagères sont garnies. Ce n'est pas étonnant que Jacquot soit gras à lard.

— Tu exagères ; il n'est pas si gros que ça, dit Annie. C'est lui qui siffle ? »

Non, ce n'était pas Jacquot, mais un courlis qui passait au-dessus de leurs têtes.

« C'est encore trop tôt pour lui, dit François. Veux-tu que nous t'aidions à débarrasser, Annie ?

— Non, répondit Annie. Allez voir si M. Clément est réveillé et demandez-lui s'il veut une tranche de jambon et du fromage à la crème. »

Les garçons descendirent jusqu'à la tente de M. Clément. Le professeur, assis dehors, déjeunait de bon appétit. Il brandit la tartine qu'il tenait. « Je suis en retard ce matin. Hier, je suis allé très loin et je suis rentré à des heures indues. Je suis désolé de vous avoir réveillés, François et Mick.

— Non, non, nous ne dormions pas, dit Mick qui devint rouge de confusion. J'espère que vous avez passé une bonne journée, monsieur Clément ?

— Un peu décevante. Je n'ai pas trouvé tous les insectes que j'aurais voulu, dit M. Clément. Et vous, vous vous êtes bien amusés ?

— Très bien », dit Mick, et il décrivit leur journée à la ferme.

M. Clément parut intéressé et il écouta avec attention les avertissements de M. André à propos de la gare.

« Il a l'air complètement stupide, cet homme », dit-il en faisant tomber les miettes accrochées à sa chemise. « Tout de même, à votre place, je me tiendrais loin de cette gare. Des histoires de ce genre ont toujours une raison. Il n'y a pas de fumée sans feu.

— Voyons, monsieur, vous ne croyez pas qu'il y a des trains fantômes ? dit Mick surpris.

— Oh ! non, je crois qu'il n'y a pas du tout de trains dans une gare désaffectée, dit M. Clément ; mais, quand un endroit a un mauvais renom, mieux vaut ne pas le fréquenter.

— Vous avez raison, monsieur », se hâtèrent de dire Mick et François.

Puis ils abordèrent un autre sujet. Ce serait ennuyeux si M. Clément, comme M. André, leur interdisait de retourner là-bas : la gare avait pris l'attrait du fruit défendu et ils étaient fermement décidés à percer le mystère qui l'entourait.

« Allons retrouver les petites, dit Michel. Nous attendons Jacquot, c'est le garçon de la ferme ; il doit passer la journée avec nous, et nous ferons une grande promenade ; nous emporterons notre déjeuner. Vous partez aussi, monsieur ?

— Pas aujourd'hui, dit M. Clément ; mes jambes sont lasses ; et d'ailleurs, il faut que je m'occupe des insectes que j'ai rapportés. J'aimerais bien faire la connaissance de votre petit ami de la ferme. Comment l'appelez-vous ? Jacquot, n'est-ce pas ?

— Oui, monsieur, dit François. Nous vous l'amènerons dès qu'il arrivera, puis nous partirons et vous aurez la paix toute la journée. »

Mais Jacquot ne vint pas ; les enfants l'attendirent en vain toute la matinée. Ils retardèrent le déjeuner jusqu'au moment où ils eurent l'estomac dans les talons. Ils mangèrent sur la bruyère, devant les tentes.

« C'est drôle, remarqua François ; il sait bien où se trouve notre camp ; nous le lui avons montré de loin hier quand il nous a accompagnés à mi-chemin ; peut-être viendra-t-il cet après-midi. »

Mais l'après-midi s'écoula et Jacquot ne parut pas. Après le goûter, François eut envie d'aller voir ce qui se passait, mais il se ravisa. Jacquot avait sans doute quelque bonne raison pour ne pas venir et Mme André pourrait ne pas être contente d'avoir les mêmes visiteurs deux jours de suite.

Les enfants ne s'amusèrent pas beaucoup ce jour-là. Ils n'osaient pas s'éloigner des tentes au cas où Jacquot arriverait. M. Clément était occupé avec ses insectes et déplorait aussi l'absence du jeune invité.

« Il viendra demain, dit-il. Avez-vous assez à manger ? J'ai quelques boîtes de conserve, si vous en avez besoin.

— Oh ! non, merci, monsieur, dit François. Nous avons encore des provisions. Nous allons jouer aux cartes ; voulez-vous vous joindre à nous ?

— Oui, je crois, dit M. Clément en se levant et en s'étirant. Savez-vous jouer à la belote ? »

Ils connaissaient ce jeu ; ils battirent à plates coutures le pauvre M. Clément qui était un joueur très maladroit. Le professeur perdit avec le sourire et s'amusa tout de même. Mais il rejeta la responsabilité de sa défaite sur Dagobert qui lui avait brouillé les idées en restant derrière lui et en lui soufflant dans le cou.

« Votre chien imagine sans doute qu'il sait mieux jouer que moi, se plaignit-il. Chaque fois que j'abats une carte, il pousse un soupir de désapprobation. »

Ils se mirent à rire et Claude pensa tout bas que Dagobert jouerait probablement mieux que M. Clément s'il pouvait tenir les cartes. Jacquot ne parut pas. Quand on n'y vit plus, les enfants posèrent les cartes et M. Clément annonça qu'il allait se coucher.

« Je suis rentré très tard hier soir, dit-il, j'ai sommeil. »

Les autres décidèrent de l'imiter. À la tombée de la nuit, ils pensaient toujours avec plaisir aux sacs douillets qui les attendaient. Les fillettes s'installèrent confortablement, et Dagobert se pelotonna sur les pieds de Claude. Dès qu'il fut allongé, Michel bâilla bruyamment et ferma les yeux sans avoir eu le temps de dire bonsoir à son frère. François ne tarda pas à suivre son exemple.

Tous dormaient profondément lorsque Dagobert dressa les oreilles ; il poussa un grondement si faible que les fillettes ne l'entendirent pas, et encore moins François et Mick qui étaient à quelque distance. La tête levée, sur le qui-vive, le chien écouta attentivement. Il gronda de nouveau et reprit son attitude de gardien vigilant. Enfin il glissa à terre, se secoua et, sans réveiller Claude, sortit de la tente. Un léger bruit l'avait alerté. Il ne percevait rien de vraiment anormal, mais son devoir l'obligeait à veiller sur la sécurité de ses jeunes maîtres.

Mick fut réveillé en sursaut par un frôlement contre la tente. Il s'assit et attendit. Une ombre se profila dans l'ouverture.

Était-ce Dagobert ou M. Clément ? Soucieux de ne pas répéter l'erreur de la veille, le jeune garçon garda le silence. L'ombre resta immobile et ne parla pas. L'intrus, semblait-il, hésitait sur la conduite à tenir. Qui était-ce ? Mick commença à avoir peur.

« Dagobert », dit-il enfin à voix basse.

Alors l'ombre prit la parole :

« Mick ? François ? C'est Jacquot qui est ici. Dagobert est près de moi. Je peux entrer ?

— Jacquot ! s'écria Mick stupéfait. Pourquoi arrives-tu à cette heure-ci ? Et pourquoi n'es-tu pas venu dans la journée ? Nous t'attendions.

— Oui, je sais, je regrette beaucoup », dit Jacquot, et il se faufila dans la tente.

Mick secoua François par les épaules.

« François, Jacquot est là... et Dagobert aussi. File, Dago. Jacquot, assieds-toi sur mes pieds. Ne reste pas debout. Et explique-nous pourquoi tu viens en pleine nuit.

— Je suis désolé de vous avoir fait attendre pour rien, dit Jacquot quand il fut installé, mais mon beau-père m'a annoncé brusquement que je l'accompagnerais pendant toute la journée ; je ne sais pas pourquoi... En général, il ne s'occupe pas de moi.

— Ce n'est vraiment pas chic de sa part puisqu'il savait que tu devais venir pique-niquer avec nous, dit François. Il t'a fait faire quelque chose d'important ?

— Absolument rien, dit Jacquot. Il m'a emmené en voiture à la ville, c'est à quarante kilomètres d'ici. Puis il m'a laissé à la bibliothèque en promettant de revenir me chercher quelques minutes après ; il m'a oublié pendant des heures. Heureusement, j'avais mon goûter, mais je me suis beaucoup ennuyé et j'étais furieux.

— Tant pis ! Tu viendras demain, dit Mick.

— Je ne pourrai pas, s'écria Jacquot au comble du désespoir. Il m'a annoncé la visite du fils d'un de ses amis ; un garçon qui s'appelle Désiré Bonamour. Vous voyez ça d'ici. Il faut que je passe la journée avec lui et, par malheur, maman est très contente. Elle croit que mon beau-père ne s'occupe pas assez de moi.

— Oh ! zut alors, tu ne pourras pas venir demain non plus, dit François. Et après-demain ?

— Je le voudrais bien, dit Jacquot, mais je parie que ce cher Désiré se collera à moi comme une sangsue. Il faudra que je lui montre les vaches et les chiens. Flûte ! J'aimerais beaucoup mieux être avec vous quatre et Dagobert.

— Quelle guigne ! s'écria François.

— Je voulais absolument vous avertir, reprit Jacquot, et je n'ai pas pu venir plus tôt. À propos, je vous ai apporté des provisions. Je suppose que vous en avez besoin. Ce que j'ai pu avoir le cafard en pensant aux trains fantômes. Et maintenant qui sait quand nous pourrons aller ensemble à la gare.

— Eh bien, si tu ne peux pas venir dans la journée demain ni après-demain, nous pourrions y descendre une nuit, proposa François. Veux-tu demain soir, à peu près à cette heure-ci ? Nous ne dirons rien aux filles ; nous nous esquiverons tous les trois. »

Dans sa joie, Jacquot ne trouva pas un mot à dire et se contenta de pousser un petit cri. Michel se mit à rire.

« N'aie pas trop d'illusions, nous ne verrons sans doute absolument rien. Apporte une lampe électrique, si tu en as une ; tu viendras dans notre tente et tu me pinceras l'orteil ; je ne dormirai probablement pas, mais, dans le cas contraire, je me réveillerai tout de suite. Et pas un mot à qui que ce soit, bien entendu.

— Tu penses, répliqua Jacquot dont tous les désirs étaient comblés. Maintenant je crois qu'il faut que je me sauve. C'est assez effrayant de traverser le plateau en pleine obscurité ; il n'y a pas de lune et les étoiles ne donnent pas beaucoup de clarté. J'ai laissé les provisions devant la tente ; faites attention que Dagobert ne s'en régale pas.

— Merci beaucoup », dit François.

Jacquot sortit de la tente avec Dagobert sur ses talons. Il prit le sac plein de bonnes choses et le lança à François qui le mit en lieu sûr.

« Bonsoir », dit Jacquot à voix basse, et ils l'entendirent s'éloigner. Dagobert trottait à côté de lui, heureux de cette petite promenade nocturne avec un ami sympathique. Et Jacquot, qui n'était pas très rassuré, se réjouissait de ne pas être seul.

Dagobert l'accompagna jusqu'à la ferme, puis retourna au campement, partagé entre le désir de s'offrir une petite chasse au lapin et celui de retrouver sa chère Claude.

Le matin, Annie fut tout étonnée de trouver les provisions sous le buisson de genêts qui lui servait de garde-manger. François les avait mises là pour faire une surprise.

« Ça par exemple ! s'écria-t-elle, un pâté à la viande, des tomates, des œufs, d'où sort tout cela ?

— Un train fantôme l'a apporté cette nuit, dit Michel en riant.

— Un volcan l'a rejeté dans les airs », ajouta M. Clément qui assistait à cette petite scène.

Annie jeta un torchon à la tête de son frère.

« Dis-moi la vérité, exigea-t-elle. Je me demandais ce que je vous donnerais à manger aujourd'hui et voilà que nous avons des provisions à revendre. Qui a mis ça là ? Claude, est-ce que tu le sais ? »

Claude l'ignorait. Elle regarda le visage souriant des deux garçons.

« Je parie que Jacquot est venu hier soir, dit-elle, n'est-ce pas vrai ? »

Et elle pensa tout bas : « Oui, et sûrement tous

les trois ont comploté une escapade. Mais si vous croyez me jouer un bon tour, François et Mick, vous vous trompez. Je serai sur mes gardes et je vous accompagnerai là où vous irez ! »

Chapitre 10

À la recherche
d'un train fantôme

La journée passa agréablement. M. Clément conduisit les enfants et Dagobert auprès d'un étang qui se trouvait à l'extrémité du plateau. On l'appelait l'étang Vert à cause de sa couleur due, expliqua M. Clément, à des substances chimiques dissoutes dans l'eau.

« J'espère que nous ne sortirons pas de là verts de la tête aux pieds, dit Michel en enfilant son maillot. Vous prenez un bain, monsieur Clément ? »

M. Clément en avait l'intention. Les enfants croyaient qu'il ne ferait qu'une petite trempette sans s'éloigner du rivage ; mais, à leur grande surprise, il nageait comme un poisson et battit François à la course.

Ils s'amusèrent beaucoup et, quand ils furent fatigués de leurs ébats, ils sortirent de l'eau pour se chauffer au soleil. La route qui longeait l'étang était à peu près déserte ; le passage d'un troupeau de moutons apporta une petite diversion.

Soudain un camion de l'armée fit son apparition ; un jeune garçon était assis à côté du chauffeur et, à la grande surprise des enfants, il leur adressa des signes frénétiques.

« Qui est-ce ? demanda François étonné. Personne ne nous connaît ici. »

Mais Claude, grâce à ses yeux perçants, pouvait répondre à ses questions.

« C'était Jacquot. Et regardez, voici M. André dans sa Mercedes. Jacquot a préféré la compagnie du chauffeur du camion à celle de son beau-père. Je comprends ça ! »

M. André passa dans sa voiture toute neuve ; il ne jeta pas un regard aux enfants.

« Ils doivent aller au marché, je suppose, dit Michel en se recouchant sur l'herbe. Je me demande ce qu'il transporte.

— Moi aussi, dit M. Clément. Il faut qu'il vende ses céréales et ses légumes à un prix très élevé pour avoir de quoi acheter cette belle voiture et toutes les machines agricoles que vous m'avez décrites. C'est un type rudement malin, ce M. André.

— On ne le dirait pas à le voir, protesta Annie ;

il a l'air, au contraire, complètement stupide. Il a une tête à se faire rouler par tout le monde.

— Ce qui prouve qu'il ne faut pas se fier aux apparences. Si nous plongions encore une fois avant le déjeuner ? »

Les heures passèrent vite. M. Clément était si gai, si jeune de caractère, que les enfants oubliaient son âge et ses fonctions de professeur. Il plaisantait sans cesse, mais d'un air si solennel qu'on aurait pu croire qu'il parlait sérieusement, si son oreille droite n'avait frétillé comme si elle se tordait de rire.

Ils retournèrent au campement vers quatre heures et demie. Annie se hâta de préparer un excellent goûter qu'ils dégustèrent devant la tente de M. Clément.

Tandis que la soirée s'écoulait, François et Mick avaient peine à réprimer leur impatience. En plein jour, l'idée même de trains fantômes leur paraissait risible, mais, lorsque le soleil déclina et que de longues ombres revêtirent le flanc des montagnes, ils eurent un petit frisson en songeant à ce qui les attendait.

La nuit fut d'abord très obscure à cause des nuages qui cachaient les étoiles. Les garçons dirent bonsoir aux fillettes et se glissèrent dans leur sac de couchage ; à travers l'ouverture de la tente, ils surveillaient le ciel.

Peu à peu les nuages épais se dispersèrent, et des centaines d'étoiles brillèrent au firmament.

« Nous y verrons tout de même un peu, chuchota François. Tant mieux. Je ne tiens pas à trébucher dans un terrier de lapin et à me casser la cheville, et mieux vaut se servir le moins possible de lampes électriques en allant à la gare. Inutile d'attirer l'attention sur nous.

— Ce sera palpitant, chuchota Mick. J'espère que Jacquot va venir. Quel malheur si son beau-père le retenait ! »

Mais ils furent bientôt rassurés. Un pas léger se fit entendre et une ombre obscurcit l'ouverture de la tente.

François alluma sa lampe électrique, et la clarté tomba sur le visage rayonnant de Jacquot. François éteignit aussitôt.

« Bonsoir, Jacquot. Tu as pu venir, quelle chance ! dit Mick. Dis donc, c'était toi qui étais dans le camion ce matin quand nous nous trouvions près de l'étang Vert ?

— Oui, vous m'avez reconnu ? Je vous ai aperçus et je vous ai fait signe. J'aurais voulu arrêter le camion pour vous parler, mais le chauffeur était d'une humeur de dogue, il a refusé net. Il a dit que mon beau-père serait furieux contre lui. Vous l'avez vu, mon beau-père ? Il suivait dans sa voiture.

— Vous alliez au marché ? demanda François.

— Je suppose que le camion y allait, répondit Jacquot. Il était vide, et sans doute mon beau-père avait-il des achats à faire. Je suis revenu avec lui. Le camion devait rentrer plus tard.

— Et Désiré Bonamour ? demanda Mick en riant.

— Terrible ! Plus épouvantable encore que son nom, gémit Jacquot. Il a voulu jouer au soldat tout le temps. Le malheur, c'est qu'il doit revenir demain. Encore une journée perdue ! Qu'est-ce que je vais faire de lui ?

— Enferme-le dans la porcherie, suggéra

Mick, ou bien avec Diane. Les petits chiens seront ravis de jouer au soldat avec lui. »

Jacquot se mit à rire.

« Si je pouvais ! Mais maman est très contente ; elle trouve que c'est gentil à mon beau-père de me procurer un camarade. Ne parlons plus de lui. Nous partons ?

— Oui », dit François, et il sortit sans bruit de son sac de couchage. « Il ne faut rien dire aux filles. Annie n'accepterait pas de venir et je ne veux pas qu'elle reste seule. Faisons attention de ne pas les réveiller. »

Mick se leva aussi. Les garçons ne s'étaient pas déshabillés et ils n'eurent qu'à enfiler leur veste.

« Par où faut-il passer ? » chuchota Jacquot.

François lui prit le bras et le guida. Il espérait qu'il ne perdrait pas son chemin dans l'obscurité ; la nuit, le plateau prenait un aspect tout différent.

« Allons vers cette colline que l'on aperçoit vaguement là-bas et nous serons dans la bonne direction », déclara François.

La colline qui s'élevait à l'ouest leur servit donc de point de repère. La gare semblait beaucoup plus loin la nuit que le jour. Les trois garçons se heurtaient souvent aux buissons de genêts et aux bruyères et avaient peine à garder l'équilibre.

Enfin, à leur grande satisfaction, ils trouvèrent un sentier.

« C'est à peu près à cet endroit que nous avons rencontré le berger », dit Mick qui, sans savoir pourquoi et sans nécessité, parlait à voix basse.

« Nous approchons. »

Ils continuèrent à marcher sans bruit. Soudain François saisit le bras de Mick.

« Regarde, dit-il... là-bas. Je crois que c'est la gare ; tu vois ces reflets brillants, ce sont les rails. »

Ils restèrent immobiles sur la pente couverte de bruyère et s'efforcèrent de percer les ténèbres. Bientôt ils purent distinguer des formes vagues. Oui, c'était bien la gare. Jacquot étreignit le bras de François.

« Tiens ! il y a de la lumière, tu vois ? »

Les garçons suivirent la direction de son doigt ; en effet, ils aperçurent une clarté jaune et vacillante.

« Oh ! je sais ce que c'est, s'écria Mick ; cette lumière vient de la cabane du gardien. La bougie du vieux Thomas à la jambe de bois. Tu ne crois pas, François ?

— Oui, tu as raison, dit François. Voici ce qu'il faut faire : nous allons descendre là-bas et nous approcher de la cabane. Nous jetterons un coup d'œil à l'intérieur pour voir si Thomas y est, puis nous nous cacherons quelque part et nous attendrons les trains fantômes. »

Ils descendirent la pente ; leurs yeux étaient accoutumés à l'obscurité maintenant et ils se dirigeaient sans peine. Quand ils furent dans la gare, leurs pas résonnèrent sur les cailloux et ils s'arrêtèrent.

« Quelqu'un nous entendra si nous faisons tant de boucan, chuchota François.

— Qui veux-tu qui nous entende ? répondit Mick. Il n'y a personne, excepté le vieux dans sa cabane.

— Comment le sais-tu ? dit François. Voyons ! Jacquot, pas tant de bruit avec tes pieds. »

Ils hésitèrent un instant, puis François trouva la solution.

« Marchons sur le talus, dit-il ; l'herbe amortira le son de nos pas. »

En effet, l'herbe formait un épais tapis, et ils purent en silence avancer vers la lumière qui brillait dans la cabane du gardien. Pour atteindre la fenêtre étroite, les trois garçons durent se dresser sur la pointe des pieds ; ils regardèrent à l'intérieur. Le vieillard était là ; assis dans un fauteuil, il fumait sa pipe et lisait avec difficulté un journal qu'il tenait tout près de ses yeux. Évidemment ses lunettes n'étaient pas encore réparées. Sur une chaise, près de lui, il avait posé son pilon.

« Il n'attend pas de train fantôme, cette nuit, sans cela il n'aurait pas enlevé sa jambe de bois », chuchota Mick.

La bougie vacillait et répandait dans la petite pièce une faible clarté. C'était un logis pauvre, à peine meublé et mal tenu. Un verre grossier et une bouteille de vin rouge étaient sur la table. Au-dessus du poêle rouillé se balançait une vieille casserole accrochée au mur.

L'homme posa son journal, se frotta les yeux et grommela quelques mots. Les garçons n'entendirent pas ce qu'il disait, mais supposèrent qu'il s'agissait des lunettes cassées.

« Est-ce qu'il y a beaucoup de voies dans cette gare ? chuchota Jacquot qui en avait assez de regarder le vieillard. De quel côté se dirigent-elles ?

— À environ huit cents mètres d'ici, il y a un tunnel, dit François. Les rails sortent de ce tunnel et aboutissent à la gare.

— Allons jusque là-bas, proposa Jacquot ; venez, il n'y a rien d'intéressant ici.

— Bon, dit François ; je ne crois pas que nous verrons grand-chose là-bas non plus ; à mon avis, les trains fantômes n'existent que dans l'imagination de Thomas. »

Ils s'éloignèrent de la petite cabane pour retourner à la gare, puis suivirent la voie unique qui se dirigeait vers le tunnel. Sûrs de ne pas être entendus par le gardien, ils marchaient sur les cailloux ; pourtant ils parlaient toujours à voix basse.

Soudain le conte fantastique se transforma en réalité ; un grondement lointain et assourdi sortit du tunnel qui était maintenant si près que les garçons apercevaient son ouverture noire. François entendit le premier ce son extraordinaire.

Il s'arrêta et saisit le bras de Mick. « Écoutez ! » souffla-t-il.

Les autres prêtèrent l'oreille.

« Oui, dit Mick, mais ce n'est qu'un train qui passe sous le plateau, et le bruit se répercute jusqu'ici.

— Non, non, c'est un train qui arrive vers nous », affirma François.

Le grondement devenait de plus en plus fort, accompagné d'un cliquetis métallique ; les garçons s'écartèrent des rails et attendirent en retenant leur souffle.

Était-ce le train fantôme ? Allait-on voir briller l'œil étincelant de la locomotive ? Mais le tunnel resta obscur ; pourtant le vacarme se rapprochait. Était-ce le bruit d'un convoi invisible conduit par des fantômes ? Le cœur de François battait à se rompre. Mick et Jacquot se tenaient par la main sans s'en apercevoir.

Le grondement s'amplifia encore, et du tunnel jaillit une longue ombre noire précédée d'une vague lueur. Un bruit de tonnerre assourdit les garçons, puis diminua ; le sol trembla un moment, puis ce fut le silence.

« Eh bien, voilà, dit François d'une voix tremblante. Le train fantôme, sans lumière, sans sifflet ; où est-il passé ? Crois-tu qu'il s'est arrêté à la gare ?

— Allons-y, dit Mick. Je n'ai vu personne dans la locomotive, près de la chaudière ; mais sûrement quelqu'un conduisait. Quelle chose fantastique ! à vous donner le frisson... Pourtant le vacarme était bien réel.

— Filons à la gare », proposa Jacquot qui semblait le moins effrayé des trois.

Ils revinrent lentement sur leurs pas. Soudain Mick poussa un cri.

« Flûte ! Je me suis tordu la cheville ; attendez une minute. »

Incapable de rester debout, il s'assit par terre. Par bonheur, c'était une foulure et non une entorse, mais la douleur était vive, et Mick ne put s'empêcher de gémir ; les autres n'osaient pas le quitter. François s'agenouilla près de lui et offrit de le masser. Mick souffrait trop pour accepter. Jacquot restait debout, dévoré d'anxiété.

Après vingt minutes de repos, Mick parvint à se remettre debout ; avec l'aide des autres, il fit quelques pas hésitants.

« Ça va maintenant, je peux marcher. Allons voir ce qui se passe à la gare. »

Mais ils avaient à peine parcouru cinq ou six

mètres qu'un halètement sourd, accompagné de chocs métalliques, frappa leurs oreilles. Teuf... teuf... teuf... clic... clac... clic... clac...

« Le train revient, dit François. Ne bougez pas ; regardez bien. »

Ils restèrent cloués sur place ; le bruit devint plus proche et se transforma en vacarme. Ils aperçurent le reflet du foyer dans la locomotive, puis le train disparut sous le tunnel en éveillant de vagues échos.

« Plus de doute, nous avons vu un train fantôme, s'écria François avec un rire qui sonnait faux. Il est venu et reparti, et personne ne sait d'où il sort ni où il va ; mais nous l'avons vu et entendu. Et, je puis bien l'avouer, j'en ai la chair de poule. »

Où il est surtout question de Jacquot

Pour se rassurer, les trois garçons se serrèrent les uns contre les autres dans les ténèbres ; ils avaient découvert ce qu'ils étaient venus chercher et pouvaient à peine en croire le témoignage de leurs sens. Quel était donc ce train qui était sorti si mystérieusement du tunnel pour y retourner après un arrêt dans la gare ?

« Si au moins je ne m'étais pas tordu la cheville, nous aurions suivi le train jusqu'à la gare, dit Mick en gémissant. Que je suis maladroit d'avoir tout gâché au moment le plus palpitant !

— Ce n'est pas ta faute, dit Jacquot pour le consoler. Eh bien ! Nous avons vraiment vu le train fantôme. Il me semble que je rêve. Se dirige-t-il tout seul sans personne pour le conduire ? Est-ce un vrai train ?

— Oui, dit François, tout au moins à en juger par le bruit qu'il faisait. Il y avait de la fumée aussi. Voilà qui est plus fort que de jouer au bouchon. À dire vrai, ça ne me plaît pas beaucoup.

— Allons voir ce qui est arrivé au vieux Thomas, dit Michel. Je parie qu'il est caché sous son lit ! »

Ils se mirent en route. Michel boitait un peu, mais sa cheville ne lui faisait pour ainsi dire plus mal. Quand ils arrivèrent à la gare, ils regardèrent du côté de la cabane ; la lumière avait disparu.

« Il a éteint sa bougie et s'est caché sous son lit, dit Mick. Pauvre vieux ! Il y a de quoi le rendre complètement fou. Regardons ce qu'il fait. »

Ils s'approchèrent de la cabane et essayèrent de voir à l'intérieur ; mais l'obscurité régnait dans la petite pièce. Soudain une minuscule clarté brilla près du plancher.

« Thomas frotte une allumette, chuchota François. Et le voici qui sort la tête de sa cachette ; il a l'air affolé. Tapons à la vitre et demandons-lui s'il n'a besoin de rien. » Il joignit le geste à la parole, mais se repentit aussitôt de son initiative, car le vieillard poussa un cri de frayeur et se réfugia de nouveau sous son lit ; l'allumette s'éteignit.

« Il vient me prendre, gémit-il, il vient me prendre, et moi qui ai enlevé ma jambe de bois ! »

« Nous lui faisons peur, dit Mick ; venez, laissons-le. Il aura une attaque si nous l'appelons. Il croit que le train fantôme vient le chercher. »

Ils errèrent un moment dans la gare sans rien repérer d'intéressant dans l'obscurité. Le silence était complet ; le train fantôme ne paraîtrait sans doute plus de la nuit.

« Retournons au camp, dit François. Mon Dieu ! quelle aventure palpitante. Mes cheveux se sont dressés sur ma tête quand le train est sorti du tunnel. D'où diable venait-il et quelle est l'explication de ce mystère ? »

Ils renoncèrent à résoudre l'énigme et reprirent le chemin du camp ; ils montèrent sur le plateau au milieu des bruyères en s'aidant des pieds et des mains, plus surexcités encore que fatigués.

« Faut-il dire aux filles que nous avons vu le train ? demanda Mick.

— Bien sûr que non, répliqua François. Annie aurait une peur bleue et Claude serait furieuse si elle savait que nous sommes sortis sans elle ; attendons d'en savoir plus long avant de parler aux petites ou à M. Clément.

— Ça va, convint Mick ; tu tiendras ta langue aussi, n'est-ce pas, Jacquot ?

— Bien sûr, promit Jacquot d'un ton de dédain. Comme si j'allais raconter à mon beau-père notre sortie de ce soir ! Il serait furieux s'il savait que, malgré ses avertissements, nous sommes descendus là-bas pour voir le train fantôme. »

Soudain, il sentit contre sa jambe un contact chaud et humide et poussa un cri.

« Qu'est-ce que c'est que ça ? »

C'était Dagobert qui était venu à la rencontre des trois garçons ; il leur donna à chacun un coup de langue accompagné de petits jappements.

« Il dit : "Pourquoi ne m'avez-vous pas emmené avec vous ?" traduisit Mick. Je regrette, mon vieux, mais c'était impossible. Claude nous aurait arraché les yeux si nous t'avions emmené en la laissant au camp. Quel effet t'aurait fait le train fantôme, Dagobert ? Je crois que tu aurais eu la frousse et que tu te serais caché dans un terrier de lapin.

— Ouah », dit avec mépris Dagobert l'intrépide qui n'avait jamais eu peur de rien.

En approchant du camp, les trois garçons baissèrent la voix.

« Bonsoir, Jacquot, viens demain si tu peux. J'espère que tu n'auras pas Désiré sur les bras.

— Au revoir, à bientôt », chuchota Jacquot, et il disparut dans les ténèbres, Dago sur ses talons.

Il faisait chaud dans la tente, et Dagobert avait justement grande envie d'une promenade nocturne. Aux abords de la ferme, il s'immobilisa et grogna tout bas. Jacquot lui posa la main sur la tête.

« Qu'as-tu, mon vieux, tu crois qu'il y a des cambrioleurs ? »

De grands nuages couvraient maintenant les étoiles, et il faisait noir comme dans un four. Au bout d'un moment, Jacquot aperçut une vague lumière dans une grange ; il s'approcha sur la pointe des pieds. Soudain il entendit un bruit de pas, une porte qui se refermait et une clef qui tournait dans une serrure.

Jacquot s'avança plus près encore... un peu trop près, car l'homme qui était là l'entendit et brandit le poing. Jacquot reçut le coup sur l'épaule et perdit l'équilibre. Il serait tombé si son agresseur ne l'avait retenu. La clarté d'une lampe électrique aveugla le jeune garçon.

« Tiens, c'est vous, dit une voix étonnée et impatiente. Que faites-vous là si tard ?

— Et vous, que faites-vous ? » riposta Jacquot en se libérant.

Il prit sa lampe électrique et en promena le rayon sur la silhouette obscure qui se dressait devant lui.

C'était Pierre, un des ouvriers de la ferme, celui qui avait conduit le camion dans la journée.

« Qu'est-ce que ça peut bien vous faire ? cria Pierre avec colère. J'ai eu une panne et je rentre à l'instant. Tiens ! vous êtes tout habillé ? D'où venez-vous à cette heure-là ? Vous m'avez entendu venir et vous vous êtes levé pour m'épier, hein ? Avouez-le !

— Jamais, répliqua hardiment Jacquot qui ne voulait pas éveiller les soupçons de Pierre.

— C'est votre chienne, dit l'homme en voyant une forme sombre qui s'esquivait. Vous vous êtes promené avec Diane ? Que diable manigancez-vous donc ? »

Jacquot se réjouit que Pierre n'eût pas reconnu Dagobert. Il s'éloigna sans un mot. Pierre penserait ce qu'il voudrait ; ce n'était pas de chance qu'il ait eu une panne et fût rentré si tard. Si le domestique disait à son maître qu'il avait surpris Jacquot tout habillé en pleine nuit, Mme André, comme son mari, poserait des questions embarrassantes, et Jacquot, qui ne savait pas mentir, serait bien en peine de donner une explication plausible.

Il regagna sa chambre en grimpant sur le poirier devant sa fenêtre. Il ouvrit sa porte doucement pour écouter si quelqu'un était éveillé dans la maison, mais tout était sombre et silencieux.

« Au diable, Pierre ! pensa-t-il. S'il parle, je serai puni. » Il se coucha et réfléchit un moment aux étranges événements de la nuit. Puis il glissa dans un sommeil agité et, dans ses rêves, les trains fantômes, Pierre et Dagobert dansèrent une étrange sarabande. Il fut content de se réveiller dans la matinée ensoleillée. Sa mère le secouait.

« Lève-toi, Jacquot. Tu es très en retard. Tu ne vas tout de même pas dormir jusqu'à midi. Nous avons presque fini de déjeuner. »

Pierre n'avait donc pas parlé de la rencontre nocturne. Le jeune garçon s'en félicita et ne pensa plus qu'à rejoindre ses amis. Il leur porterait des provisions ; cela serait un excellent prétexte.

« Maman, veux-tu me donner du pain, du beurre, des œufs pour les campeurs ? dit-il après le déjeuner. Je suis sûr qu'il ne leur reste plus rien.

— Tu ne peux pas aller là-bas, ton petit ami va venir, dit sa mère. Comment s'appelle-t-il déjà ? Désiré je ne sais quoi. Il a l'air très gentil. Tu t'es bien amusé hier avec lui, n'est-ce pas ? »

Jacquot aurait fait de Désiré un portrait peu flatteur, mais son beau-père était là, assis près de la fenêtre, en train de lire le journal ; il se contenta de hausser les épaules et de faire une grimace en espérant que sa mère comprendrait sa déception. En effet, elle eut pitié de lui.

« À quelle heure vient Désiré ? demanda-t-elle. Peut-être as-tu le temps de courir jusqu'au camp avec un panier de provisions ?

— Je ne tiens pas du tout à ce qu'il aille là-bas », dit M. André qui posa brusquement son journal pour se joindre à la conversation. « Désiré va arriver d'une minute à l'autre et je connais Jacquot ; il se mettra à parler avec ces gosses et oubliera de revenir. Le père de Désiré est un de mes meilleurs amis, et je veux que Jacquot accueille poliment ce garçon. Je lui défends d'aller au camp aujourd'hui. »

Jacquot ne cacha pas son mécontentement. Pourquoi son beau-père intervenait-il ainsi ? Il l'avait emmené en ville, puis l'obligeait à recevoir Désiré comme pour l'empêcher de jouir de la société de ses charmants camarades qui égayaient sa solitude. C'était exaspérant.

« Je pourrais peut-être aller porter les provisions moi-même ou bien les enfants viendront chercher ce qui leur faut », dit sa mère pour le consoler.

Jacquot refusa de se dérider ; il sortit dans la cour et siffla Diane. La chienne surveillait ses petits qui commençaient à se promener, encore mal assurés sur leurs pattes. Si au moins les campeurs venaient se ravitailler eux-mêmes ce jour-là, il pourrait échanger quelques mots avec eux.

Désiré arriva. Il était à peu près de l'âge de Jacquot, mais très petit pour ses douze ans. Ses cheveux bouclés lui donnaient l'air d'une fille ; son costume de flanelle grise, qui ne faisait pas un pli, était trop élégant pour la campagne.

« Bonjour, cria-t-il à Jacquot ; me voilà. À quoi allons-nous jouer ? Au soldat ?

— Non, au Peau-Rouge », dit Jacquot qui se rappelait qu'il avait reçu pour le carnaval un déguisement d'Indien.

Il monta en courant dans sa chambre, enfila le costume et mit sur sa tête le bandeau de plumes qui tombait dans son dos. Puis il prit sa boîte de peinture et, à la hâte, se barbouilla le visage de rouge, de bleu et de vert. Armé de son tomahawk, il redescendit. Il jouerait au Peau-Rouge et il scalperait ce Visage Pâle qui venait le relancer chez lui !

Désiré se promenait tout seul dans la cour ; soudain, à sa grande épouvante, un sauvage effrayant se précipita sur lui en poussant un horrible cri de guerre et brandit une arme qui ressemblait à un couperet. Désiré fit demi-tour et s'enfuit avec des hurlements de frayeur. Jacquot se lança à sa poursuite. Il criait à tue-tête et s'amusait de tout son cœur. Obligé de jouer au soldat la veille avec Désiré, il ne voyait pas pourquoi Désiré, maintenant, ne jouerait pas au Peau-Rouge avec lui.

Au même instant, les quatre campeurs arrivèrent en quête de vivres, escortés par Dagobert. Ils s'arrêtèrent net à la vue de Désiré qui fuyait en hurlant, tandis qu'un guerrier indien bondissait derrière lui.

Jacquot les aperçut et se livra à une danse guerrière tout autour d'eux, fit semblant de couper la queue de Dagobert, puis se précipita derrière Désiré qui disparaissait.

Les enfants n'en pouvaient plus de rire.

« Oh ! Mon Dieu, s'écria Annie. C'est sûrement Désiré ! Et Jacquot, qui a joué au soldat hier toute la journée, prend sa revanche. Regardez, les voici qui reviennent. Pauvre Désiré, il croit qu'il va être scalpé. »

Désiré disparut dans la cuisine en sanglotant, et Mme André courut à lui pour le consoler. Jacquot rejoignit ses amis.

« Bonjour, dit-il. Je m'amusais bien gentiment avec Désiré ; je suis si content de vous voir ; j'aurais voulu aller là-bas, mais mon beau-père me l'a défendu ; il faut que je tienne compagnie à Désiré. Il est odieux, n'est-ce pas ?

— Tout à fait odieux, convinrent les autres en riant. Crois-tu que ta maman sera furieuse parce que tu as effrayé Désiré ? Peut-être ferions-nous mieux de filer sans rien demander aujourd'hui ?

— Attendez un moment, dit Jacquot en les conduisant vers une meule de foin. Bonjour, Dagobert. Tu n'as pas eu d'aventure en rentrant chez toi la nuit dernière ? »

Jacquot avait complètement oublié que les filles ignoraient les événements de la nuit. Annie et Claude dressèrent aussitôt l'oreille. François fronça les sourcils et Mick donna un coup de coude à Jacquot.

« Qu'est-ce que cela veut dire ? demanda

Claude, aussitôt sur le qui-vive. Que s'est-il passé la nuit dernière ?

— Oh ! je suis allé au camp pour bavarder avec les garçons, et Dagobert m'a raccompagné, dit Jacquot d'un air dégagé. Tu lui permets bien cette petite promenade, Claude ? »

Claude devint rouge de colère.

« Vous me cachez quelque chose, dit-elle aux garçons. Oh ! je devine ; vous êtes descendus à la gare hier soir, n'est-ce pas ? »

Il y eut un silence gêné.

François foudroya du regard le pauvre Jacquot qui était furieux contre lui-même.

« Avouez-le, persista Claude. Vous y êtes allés et vous ne m'avez pas réveillée. Je vous déteste tous les trois.

— Avez-vous vu quelque chose ? » demanda Annie en levant vers eux des yeux interrogateurs.

Les deux fillettes pressentaient que les trois garçons avaient vécu des aventures sensationnelles pendant qu'elles dormaient paisiblement sous leur tente.

« Eh bien... » commença François, mais il fut interrompu par l'arrivée de Désiré qui s'approchait, les yeux rouges, et se plantait devant Jacquot ; il était l'image même de la réprobation.

« Ton père te demande, dit-il. Il faut que tu y ailles tout de suite. Tu es une brute et je veux retourner à la maison. Ton père a pris un fouet, et je voudrais qu'il te frappe très fort. J'espère qu'il te fera bien mal. »

Chapitre 12

Claude se met en colère

Jacquot fit un pied de nez à Désiré et s'éloigna lentement. Les autres tendirent l'oreille, craignant d'entendre des coups et des cris, mais aucun son ne leur parvint.

« Il m'a effrayé, dit Désiré en s'asseyant à côté des quatre enfants.

— Pauvre mignon, dit Mick.

— Bébé a bobo, renchérit Claude.

— Le chouchou à sa maman », ajouta François.

Désiré les toisa les uns après les autres et se leva.

« Si je n'étais pas aussi bien élevé, je vous donnerais une gifle à chacun », dit-il, et il partit en courant de peur de représailles.

Les quatre enfants restèrent assis sans parler. Ils étaient désolés pour Jacquot. Claude, furieuse de n'avoir pas participé à l'aventure de la veille, ruminait sa colère. Annie était inquiète.

Au bout d'une dizaine de minutes, la mère de Jacquot parut. Elle portait un grand panier plein de provisions et paraissait chagrinée. Les enfants se levèrent poliment.

« Bonjour, madame, dit François.

— Je regrette de ne pas pouvoir vous demander de rester aujourd'hui, dit Mme André, mais Jacquot s'est très mal conduit. Je n'ai pas voulu que mon mari lui donne une correction ; le petit en garderait rancune à son beau-père, et je ne le veux à aucun prix. Mais il restera au lit toute la journée. Vous ne pourrez pas le voir et j'en suis fâchée. Voici des provisions. Mon Dieu, je suis désolée de cette histoire. Je ne comprends pas pourquoi Jacquot a été insupportable, lui qui est si doux d'habitude. »

Désiré montra un visage hilare.

« Si vous voulez, nous emmènerons Désiré en promenade, proposèrent les enfants. Nous lui ferons escalader des collines et sauter des cours d'eau. Il passera une excellente journée. »

Désiré s'éclipsa aussitôt.

« Vous êtes bien gentils, dit Mme André. Puisque Jacquot est dans sa chambre pour la journée, Désiré n'aura personne avec qui jouer. Mais j'ai peur qu'il ne soit trop gâté pour apprécier des jeux un peu rudes. Il faudra que vous le ménagiez. Désiré, Désiré, venez vite ici faire la connaissance de ces enfants charmants. »

Désiré avait disparu, et personne ne répondit. Ces « enfants charmants » ne lui disaient rien qui vaille. Mme André se mit à sa recherche ; ce fut en pure perte. Les jeunes campeurs n'en furent nullement surpris. François, Mick et Annie riaient sous cape. Claude leur tournait le dos.

Mme André revint essoufflée.

« Je ne peux pas le trouver, dit-elle, tant pis. Je chercherai à l'amuser moi-même quand il reviendra.

— Oui, vous pourriez lui donner des perles à enfiler ou un jeu de patience », dit poliment François.

Les autres s'esclaffèrent, et Mme André elle-même ne put s'empêcher de sourire.

« Oh, mon pauvre Jacquot ! soupira-t-elle. Pourtant c'est sa faute. Au revoir, il faut que je retourne à mon travail. »

Elle entra dans la laiterie. Les enfants firent le tour de la meule de foin. M. André montait dans sa voiture ; il serait bientôt parti. Ils attendirent quelques minutes et l'auto démarra.

« Allons dire un mot à Jacquot avant de partir, proposa François. Ce poirier là-bas est devant sa chambre. »

Ils traversèrent la cour et s'arrêtèrent sous le poirier, à l'exception de Claude qui était restée près de la meule de foin. Michel leva la tête vers la fenêtre et appela : « Jacquot. »

Un visage encore barbouillé de toutes les couleurs se pencha vers eux.

« Bonjour. Il ne m'a pas fouetté, maman n'a pas voulu. C'est égal, j'aurais mieux aimé être

113

fouetté que de rester enfermé ici. Il fait si beau. Où est ce cher Désiré ?

— Je ne sais pas. Peut-être dans le coin le plus sombre d'une grange, dit François. Jacquot, si tu ne peux pas sortir aujourd'hui, viens ce soir : nous voulons absolument te voir.

— Ça va, dit Jacquot. Est-ce que vous trouvez que je ressemble à un Peau-Rouge ?

— Tu es effrayant, dit François. Je me demande si Dagobert t'a reconnu.

— Où est Claude ? demanda Jacquot.

— Elle boude derrière la meule de foin, dit Mick. De toute la journée, elle ne sera pas à prendre avec des pincettes. Tu as vendu la mèche, idiot !

— Oui, je suis un imbécile, convint Jacquot. Tiens, voilà Désiré là-bas. Recommandez-lui de faire bien attention au taureau !

— Il y a un taureau ? demanda Annie effrayée.

— Non, mais il pourrait y en avoir un. Au revoir, amusez-vous bien. »

Les trois enfants quittèrent Jacquot et se dirigèrent vers Désiré qui venait de sortir d'un petit hangar. Il leur fit une grimace et courut se réfugier à la laiterie.

François saisit le bras de Mick.

« Le taureau. Attention au taureau ! » cria-t-il.

Mick se hâta de participer au jeu.

« Le taureau est détaché. Attention ! » cria-t-il.

Annie poussa un cri. Elle savait qu'il s'agissait d'une plaisanterie, mais la voix des garçons était si convaincante qu'elle ne pouvait s'empêcher d'avoir peur.

« Le taureau ! » s'écria-t-elle.

Désiré devint vert.

« Où est-il ? balbutia-t-il.

— Derrière toi », dit François.

Le pauvre Désiré, persuadé qu'un taureau furieux allait se précipiter sur lui, poussa un cri d'épouvante, s'élança dans la laiterie et cacha son visage dans la jupe de Mme André.

« Au secours, au secours, le taureau me poursuit !

— Il n'y a pas de taureau, dit Mme André, surprise. Voyons, Désiré, cela ne peut être qu'un porc ou un mouton. »

Les trois enfants rejoignirent Claude et voulurent lui raconter l'histoire du taureau ; mais elle leur tourna le dos sans les écouter. Mieux valait ne pas insister et laisser Claude se calmer toute seule. Elle s'emportait moins souvent qu'autrefois, pourtant il lui arrivait encore d'avoir des accès de rage. Ils reprirent le chemin du camp. Dagobert les suivait lentement, la queue entre les jambes, sans ses gambades habituelles. Claude n'avait pour lui ni un regard ni une caresse et il était malheureux. Quand ils eurent regagné les tentes, elle laissa libre cours à sa colère.

« Comment avez-vous osé partir sans moi quand je vous avais dit que je voulais venir. Et dire que vous avez emmené Jacquot à ma place ! Vous êtes des brutes ! Je ne vous croyais pas capables de tant de méchanceté, François et Mick.

— Ne dis pas de bêtises, Claude, protesta François. Je t'avais avertie que nous ne voulions pas de toi. Je te raconterai tout ; c'est formidable !

— Vite, vite », supplia Annie.

Mais Claude détourna la tête comme si leurs faits et gestes ne lui inspiraient aucun intérêt. François relata les étranges événements de la nuit. Annie l'écoutait de toutes ses oreilles ; Claude aussi, tout en affectant l'indifférence. Elle ne pardonnerait pas de sitôt ce qu'elle appelait une trahison.

« Voilà, conclut François. Quand le train est sorti du tunnel, j'ai eu peur, je vous l'avoue. Je regrettais ton absence, Claude, mais Annie ne pouvait pas rester seule. »

Claude n'accepta pas les excuses.

« Dagobert vous a sans doute accompagnés, dit-elle ; c'est odieux de sa part de partir sans m'éveiller, lui qui sait que j'adore les aventures !

— Ne dis pas de sottises, cria Mick. Quelle idée d'en vouloir au pauvre Dagobert ; tu lui fais de la peine et tu es injuste : il ne nous a pas accompagnés ; il est venu à notre rencontre à notre retour, puis il a suivi Jacquot jusqu'à la ferme.

— Oh ! » dit Claude ; elle se pencha pour caresser Dagobert qui reprit toute sa gaieté. « Au moins, Dagobert m'a été fidèle. C'est une consolation ! »

Il y eut un silence. Personne ne savait sur quel pied danser lorsque Claude avait un accès de colère. Mieux valait la laisser tranquille.

Annie prit le bras de sa cousine ; elle était très malheureuse quand Claude s'emportait.

« Je ne vois pas pourquoi tu serais fâchée contre moi... je ne t'ai rien fait !

— Si tu n'étais pas une poule mouillée, trop froussarde pour nous accompagner, j'aurais pu voir le train fantôme, moi aussi », dit Claude en se dégageant.

Des larmes montèrent aux yeux d'Annie et François s'indigna. « Mais toi, Claude, cria-t-il, tu te conduis comme une gamine ! Je ne te croyais pas si méchante ! » Claude eut honte d'elle-même, mais elle était trop orgueilleuse pour s'excuser. Elle défia François du regard.

« Et moi, je ne vous croyais pas capables de me traiter de cette façon, dit-elle. Après toutes les aventures que nous avons eues ensemble, vous essayez de me semer. Vous m'emmènerez la prochaine fois, n'est-ce pas ?

— Pour te récompenser d'être si vilaine ? » s'écria François qui était aussi obstiné qu'elle dans son genre. « Certainement pas ; c'est mon aventure et celle de Mick ; peut-être aussi celle de Jacquot. Mais nous ne voulons ni de toi ni d'Annie. »

Il se leva et s'éloigna avec Mick. Claude arracha des brins d'herbe et les mâchonna avec fureur.

Annie refoulait ses larmes ; elle détestait les querelles. En soupirant, elle se mit en devoir de préparer le déjeuner ; un bon repas rétablirait peut-être la paix.

M. Clément lisait, assis devant sa tente. Il entendit les pas des garçons qu'il avait déjà vus le matin et leva la tête en souriant.

« Vous avez quelque chose à me dire ?

— Oui, répondit François saisi d'une brusque idée. Puis-je jeter un regard sur votre carte, monsieur Clément ? La grande que vous nous avez montrée.

— Bien sûr. Elle est dans ma tente », dit M. Clément.

Les garçons la trouvèrent et la déplièrent. Mick comprit immédiatement les intentions de François. M. Clément continua sa lecture.

« Les voies ferrées qui passent sous le plateau sont indiquées, n'est-ce pas ? demanda François.

— Oui, il y en a plusieurs, dit M. Clément avec un signe affirmatif. Je suppose qu'il était plus facile de percer un tunnel sous le plateau d'une vallée à l'autre, plutôt que de passer par-dessus. D'ailleurs une voie ferrée là-haut serait complètement recouverte de neige et inutilisable en hiver. »

Les garçons se penchèrent sur la grande carte ; les voies ferrées étaient représentées par un pointillé quand elles étaient souterraines, par de longues lignes noires lorsqu'elles se trouvaient à découvert.

Ils situèrent bientôt l'emplacement du camp. Puis François, après une brève recherche, posa le doigt sur un trait noir qui venait à la suite d'un pointillé. Il regarda Mick qui hocha la tête ; oui, ce pointillé indiquait l'emplacement du tunnel d'où le train fantôme était sorti, et le trait plein, la ligne reliant le tunnel à la gare désaffectée. Le doigt de François revint de la gare au tunnel et le suivit jusqu'à sa sortie. Là, la voie débouchait dans une autre vallée.

Le jeune garçon désigna ensuite sur le plan l'endroit où le tunnel, semblait-il, se divisait en deux tronçons, dont l'un aboutissait à une autre vallée. Les deux frères échangèrent un regard.

M. Clément aperçut soudain un papillon et se

leva pour le poursuivre. François et Mick en pro-fitèrent pour se communiquer leurs impressions.

« Le train fantôme suit le tunnel sur toute sa longueur ou bien il tourne ici et débouche dans l'autre vallée, dit François à voix basse. Sais-tu ce que nous allons faire, Mick ? Nous allons deman-der à M. Clément de nous conduire en ville sous prétexte d'un achat quelconque, et nous irons à la gare pour interroger les employés au sujet de ces deux tunnels ; nous obtiendrons sans doute des renseignements précis.

— Bonne idée, dit Mick au moment où M. Clé-ment revenait. Dites, monsieur, êtes-vous très occupé aujourd'hui ? Pourriez-vous nous conduire en ville après le déjeuner ?

— Certainement », répondit M. Clément avec amabilité.

Les garçons échangèrent un regard ravi ; leur enquête aboutirait, ils n'en doutaient pas, mais ils n'emmèneraient pas Claude. Non, tant pis pour elle. Son accès de colère méritait une puni-tion.

Chapitre 13

François et Mick font une escapade

Annie les appela pour le déjeuner.

« Venez, cria-t-elle, tout est prêt. Dites à M. Clément que j'ai mis son couvert. »

M. Clément accepta volontiers l'invitation ; il appréciait beaucoup les talents d'Annie et il eut un regard approbateur pour le repas disposé sur une nappe blanche étalée par terre.

« De la salade, des œufs durs, du jambon. C'est très appétissant. Et ça ? Une tarte aux pommes ! Sapristi ! Comment pouvez-vous faire de la pâtisserie ici, Annie ? »

Annie se mit à rire.

« Ce n'est pas moi ; tout vient de la ferme, excepté la limonade et l'eau. »

Claude prit place avec les autres, mais ne desserra les dents que pour manger. M. Clément la regarda avec étonnement.

« Vous n'êtes pas malade, j'espère, Claude ? »
demanda-t-il.

Claude rougit.

« Non, pas du tout », répondit-elle en s'efforçant de sourire sans y parvenir.

M. Clément l'observa et fut rassuré de constater qu'elle montrait autant d'appétit que les autres ; il devina que les enfants s'étaient querellés. La réconciliation sans doute ne tarderait pas et le professeur ne jugea pas à propos d'intervenir.

Ils terminèrent leur repas et vidèrent les deux bouteilles de limonade. La chaleur donnait soif. Dagobert lapa toute son eau et regarda avec convoitise le seau de toile ; mais il était trop bien élevé pour y plonger son museau puisqu'il savait que c'était défendu. Annie se mit à rire et remplit de nouveau son écuelle.

« Si vous voulez venir en ville avec moi cet après-midi, je partirai dans un quart d'heure, annonça M. Clément en bourrant sa vieille pipe brune.

— J'accepte, dit aussitôt Annie. Nous aurons bientôt fini de laver la vaisselle, Claude et moi. Tu viens aussi, Claude ?

— Non », dit Claude.

Les garçons poussèrent un soupir de soulagement. Elle boudait encore, mais si elle avait su le but de l'excursion, la curiosité aurait triomphé de la rancune.

« Je ferai une promenade avec Dagobert », déclara Claude lorsque les assiettes furent lavées et rangées.

« Amuse-toi bien. À ce soir », répondit Annie

qui espérait qu'un après-midi de solitude apaiserait Claude.

La fillette partit avec Dagobert ; les autres rejoignirent M. Clément qui les attendait près de la voiture au pied du grand rocher. Ils montèrent et le professeur embraya.

« Une minute, s'écria brusquement François, la remorque est encore attachée à la voiture. Nous n'avons pas besoin de la traîner jusqu'en ville.

— Sapristi ! Je l'avais complètement oubliée, dit M. Clément vexé. Cela m'arrive très souvent. »

Les enfants échangèrent un regard. Le cher homme n'en faisait pas d'autres ! Que deviendrait-il s'il n'avait pas sa femme pour s'occuper de tout chez lui ?

La remorque détachée, la voiture démarra et, avec force cahots, descendit le petit chemin plein d'ornières qui menait à la grand-route. M. Clément s'arrêta au centre de la ville et promit aux enfants de les retrouver pour le goûter à cinq heures, dans la meilleure pâtisserie de l'endroit.

Puis il se dirigea vers la bibliothèque. François, Mick et Annie se trouvaient tout désorientés sans Claude et sans Dagobert. Annie en fit la remarque.

« Ça lui apprendra ! riposta François. Elle méritait d'être punie. Elle a vraiment passé l'âge de ces colères stupides.

— Tu sais qu'elle adore les aventures, dit Annie. Oh ! mon Dieu, si je n'avais pas eu si peur, je serais venue avec vous, et Claude aurait pu vous accompagner ; c'est vrai que je suis très froussarde, elle a eu raison de le dire.

— Bien sûr que non, protesta Mick, tu ne peux

pas t'empêcher d'avoir peur de temps en temps ; après tout, tu es la plus jeune, mais tu es loin d'être froussarde. Tu t'es montrée souvent aussi courageuse que nous malgré ta frayeur.

— Où allons-nous maintenant ? » demanda Annie.

Les garçons la mirent au courant de leurs projets, et ses yeux étincelèrent.

« Oh ! nous allons chercher d'où vient le train fantôme ? Il pourrait venir de l'une des deux vallées alors, à en juger d'après la carte ?

— Oui. Les tunnels ne sont pas très longs, dit Mick ; ils n'ont pas plus de quinze cents mètres, j'imagine. Nous avons l'intention de nous renseigner à la gare ; un employé pourra peut-être nous donner quelques détails sur la vieille gare désaffectée et sur le tunnel ; bien entendu, nous ne parlerons pas du train fantôme. »

Arrivés à la gare, ils examinèrent un plan des voies ferrées qui ne leur apprit pas grand-chose. Puis Mick s'adressa à un jeune porteur qui transportait des bagages.

« Pouvez-vous nous donner un renseignement ? dit-il. Nous campons là-haut sur le plateau, tout près d'une gare abandonnée avec des voies qui s'enfoncent sous un tunnel. Pourquoi cette gare est-elle désaffectée ?

— Je ne sais pas, répondit le jeune homme ; demandez à Étienne là-bas. Il connaît les tunnels du plateau comme sa poche. Il y travaillait quand il était jeune.

— Merci », répondit François.

Les enfants s'approchèrent d'un porteur qui se chauffait au soleil en attendant l'arrivée du prochain train.

« Excusez-moi, dit Mick poliment. On m'a dit que vous saviez tout ce qu'on peut savoir sur les tunnels qui passent sous le plateau ; c'est un sujet qui m'intéresse beaucoup.

— Mon père et mon grand-père les ont construits, dit l'homme en levant vers les enfants ses petits yeux d'un bleu délavé, et j'étais mécanicien dans les trains qui y passaient. »

Il décrivit tous les tunnels dont il avait gardé le souvenir : les enfants attendirent patiemment qu'il eût fini.

« Il y a un tunnel pas loin de l'endroit où nous campons sur le plateau, dit Mick quand il put enfin placer un mot. Nous sommes tout près de la ferme du Grand Chêne et nous avons vu une ancienne gare désaffectée avec des voies qui s'enfoncent dans un tunnel. La connaissez-vous ?

— Oh ! oui », dit Étienne en hochant sa tête grise coiffée d'une casquette de travers. « Il ne sert plus depuis des années et des années, ni la gare non plus ; y avait pas assez de voyageurs, voyez-vous, et la compagnie ne faisait pas ses frais. Aucun train ne passe plus par là. »

Les garçons échangèrent un regard. Les trains ne passaient plus par là ! Eh bien, ils avaient la preuve du contraire. Mick reprit :

« Ce tunnel en rejoint un autre, n'est-ce pas ? »

Le porteur, ravi de l'intérêt que les trois enfants manifestaient, se leva et entra dans un bureau ; il en revint avec une carte crasseuse qu'il étala sur ses genoux. Son ongle noir indiqua un point sur le papier.

« Voilà la gare ; elle s'appelait la gare du Grand Chêne, comme la ferme. Ces lignes, ce sont les voies, et le tunnel est là ; il se dirige vers la vallée des Peupliers et là, autrefois, il en rejoignait un autre qui aboutit à la vallée des Corbeaux. Mais celui-là a été muré y a des années, après un accident... le toit s'est écroulé, je crois. »

Les enfants écoutaient attentivement. François tirait tout bas des conclusions. Si ce train fantôme venait de quelque part, ce devait être de la vallée des Peupliers puisque l'accès de la vallée des Corbeaux avait été bloqué.

« Aucun train ne va maintenant de la vallée des Peupliers à la gare du Grand Chêne ? demanda-t-il.

— Je vous ai dit qu'on ne s'en servait plus depuis belle lurette ; la gare de la vallée des Peupliers a été transformée ; je ne sais pas si les voies sont restées. Pas une locomotive n'est passée par là depuis ma jeunesse. »

C'était extrêmement intéressant ! François acheta un paquet de cigarettes pour Étienne ; ce dernier fut si content qu'il répéta toutes ses explications et offrit la vieille carte aux enfants.

« Merci, dit François ravi ; elle nous sera rudement utile », ajouta-t-il à l'usage de ses compagnons.

Ils quittèrent le vieil homme, retournèrent en ville et s'assirent dans un petit square pour commenter les informations qu'ils venaient de recevoir.

« Pour un mystère, c'est un mystère, observa Mick ; le tunnel n'a pas servi depuis une éternité et la gare du Grand Chêne est désaffectée.

— Et pourtant des trains vont et viennent, ajouta François.

— Alors ce sont sûrement des trains fantômes, dit Annie les yeux écarquillés.

126

— Ça y ressemble, dit François ; en tout cas, je n'y comprends rien.

— François, je sais ce que nous allons faire, s'écria brusquement Mick ; nous attendrons une nuit jusqu'à ce que nous ayons vu le train fantôme, puis l'un de nous s'en ira en courant à l'autre extrémité du tunnel qui n'a que quinze ou seize cents mètres, et attendra que le train sorte de l'autre côté. Alors nous saurons pourquoi un train circule encore de la vallée des Peupliers à la gare du Grand Chêne.

— C'est une idée géniale, approuva François. Mettons-la à exécution dès ce soir.

— Si Jacquot vient, il pourra nous accompagner. Sinon nous irons tous les deux. Pas Claude. »

Ils étaient au comble de l'émotion. Annie se demandait si elle serait assez courageuse pour se joindre à l'expédition ; elle savait que, dès la tombée de la nuit, son héroïsme s'évanouirait. Non, elle resterait tranquillement dans sa tente. Ses frères n'avaient pas besoin d'elle. D'ailleurs ce n'était pas encore une véritable aventure, mais simplement un mystère à éclaircir.

Quand ils revinrent au camp, Claude n'était pas encore rentrée de sa promenade. Ils l'attendirent, et elle finit par apparaître avec Dagobert ; tous les deux semblaient très fatigués.

« Je regrette d'avoir été si stupide ce matin, dit-elle immédiatement. Ma promenade m'a calmée ; je ne sais pas ce qui m'a passé par la tête.

— Puisque c'est fini, n'en parlons plus », dit aimablement François.

Tous se réjouissaient que Claude fût revenue à de meilleurs sentiments ; elle était si désagréable quand elle s'emportait. Elle ne parla ni de trains fantômes ni de tunnels, et les autres n'y firent pas davantage allusion. La nuit était belle et claire ; les étoiles brillaient dans le ciel. Les enfants dirent bonsoir à M. Clément et entrèrent dans les tentes.

François et Mick n'avaient pas l'intention de partir avant minuit ; ils s'enfoncèrent dans leur sac de couchage et se mirent à parler à mi-voix.

Vers onze heures, ils entendirent des pas furtifs au-dehors ; était-ce Jacquot ? Mais le jeune garçon les eût interpellés tout de suite. Qui donc était là ?

Soudain François vit une tête familière qui se découpait sur le ciel lumineux. C'était Claude ! Pourquoi était-elle là ? Il ne comprit pas tout d'abord les intentions de la fillette ; en tout cas, elle s'efforçait de ne pas faire de bruit et supposait sûrement que les garçons étaient endormis.

François se mit à ronfler pour l'en convaincre. Enfin la fillette disparut. François attendit quelques minutes, puis passa prudemment la tête au-dehors ; il tâta autour de lui, et ses doigts rencontrèrent une ficelle ; il fit une grimace et retourna dans la tente.

« Cette Claude ! Quelle fine mouche ! chuchota-t-il, elle tendait une ficelle devant l'entrée de notre tente ; je parie que cette ficelle va jusqu'à sa tente et qu'elle l'a attachée à son gros orteil. Si nous filons à l'anglaise, une secousse la réveillera et elle nous suivra.

— La fine mouche ! s'écria Mick en riant. Cette fois elle en sera pour ses frais ! Nous nous esquiverons d'un autre côté, en rampant sous la toile. »

C'est ce qu'ils firent à minuit ; ils ne heurtèrent pas la ficelle et ils s'éloignèrent dans la bruyère pendant que Claude dormait profondément près d'Annie en attendant le signal qui la réveillerait. Pauvre Claude !

Les garçons arrivèrent à la gare déserte. Une lueur brillait dans la cabane du vieux Thomas. Ainsi le train fantôme n'était pas encore passé cette nuit-là.

Ils descendaient la pente quand un grondement sourd leur apprit l'arrivée du train ; en effet, la locomotive sans éclairage surgit du tunnel et se dirigea vers la gare.

« Vite, Mick, cours à l'ouverture du tunnel et attends que le train revienne, ordonna François d'une voix haletante. Moi je file à l'autre extrémité ; il y avait un sentier marqué sur la carte ; je le suivrai. Je guetterai le train fantôme et nous verrons bien s'il s'évapore dans les airs. »

Il prit ses jambes à son cou pour gagner le sentier qui le conduirait à l'autre extrémité du tunnel ; il était bien décidé à éclaircir le mystère ; aussi ne flânerait-il pas en route.

Jacquot devient campeur

François découvrit le sentier tout à fait par hasard et continua sa course au pas de gymnastique ; il s'éclairait avec sa lampe électrique, car il ne croyait pas qu'il rencontrerait quelqu'un dans un chemin aussi désert à cette heure tardive. Quoique envahi par les herbes, le sentier n'offrait pas d'obstacles qui ralentissaient la marche.

« Si le train fantôme s'arrête une vingtaine de minutes, comme la dernière fois, j'aurai juste le temps d'atteindre l'autre extrémité du tunnel, pensait le jeune garçon. Je serai à la vallée des Peupliers avant qu'il arrive. »

Le trajet lui parut très long, mais enfin, à quelque distance, François aperçut une cour entourée de grands bâtiments, des hangars, semblait-il.

Il se rappela les paroles du vieux porteur : la gare de la vallée des Peupliers avait été transformée ; peut-être les voies avaient-elles été enlevées ; peut-être même le tunnel était-il bloqué ? François descendit rapidement la pente et arriva au milieu des hangars qui devaient, supposa-t-il, abriter des ateliers. Avant d'éteindre par précaution sa lampe électrique, il promena autour de lui son rayon et aperçut ce qu'il cherchait : deux voies ferrées toutes rouillées qui le conduisirent jusqu'à l'ouverture noire du tunnel ; là, il alluma de nouveau sa lampe pendant quelques secondes. Oui, les rails s'enfonçaient à l'intérieur. François s'arrêta pour prendre une décision.

« Je vais pénétrer dans le tunnel pour voir s'il est muré », pensa-t-il.

Il s'engagea aussitôt dans le souterrain et marcha entre deux rails ; là, il se servit sans scrupule de sa lampe, certain que personne ne se dresserait devant lui pour lui demander ce qu'il venait faire.

Une cavité béante s'étendait devant lui et se perdait dans les ténèbres ; le tunnel n'était certainement pas bloqué. François aperçut dans le mur une de ces niches destinées aux ouvriers qui travaillent sur les voies et décida de s'y cacher.

Blotti dans cet abri, il regarda le cadran lumineux de sa montre et constata que le trajet avait duré vingt minutes. Le train, sans doute, ne tarderait pas à arriver et passerait près de lui. François eut un frisson et déplora l'absence de Mick. Ce n'était pas très rassurant d'attendre dans l'obscurité un train mystérieux qui, selon toute apparence, roulait sans mécanicien et sortait du néant pour retourner dans le néant.

L'attente se prolongea. Un moment, le jeune garçon crut entendre un grondement lointain et il retint son souffle ; mais bientôt le silence régna de nouveau. Au bout d'une demi-heure, François perdit patience.

« Dans dix minutes, je partirai, décida-t-il ; je ne vais pas passer la nuit à attendre un train fantôme qui ne vient pas. Il restera peut-être à la gare du Grand Chêne jusqu'à demain matin. »

Le délai écoulé, il retourna à la gare de la vallée des Peupliers et reprit le sentier qui montait sur le plateau ; il marchait vite, pressé de retrouver Mick qui montait la garde à l'entrée du tunnel.

Mick était à son poste, fatigué et impatient. Il aperçut le signal que François lui adressait avec sa lampe électrique et répondit de la même façon. Quelques minutes plus tard, les deux frères se rejoignaient.

« J'ai cru que tu ne reviendrais jamais, s'écria Mick d'un ton de reproche. Que s'est-il passé ? Le train fantôme est rentré dans le tunnel il y a un siècle ; il n'est resté que vingt minutes dans la gare.

— Il est retourné dans le tunnel ? répliqua François. Tu es sûr ? Eh bien, il n'est pas sorti de l'autre côté. Je n'ai même rien entendu... à part un faible grondement qui n'a peut-être existé que dans mon imagination. »

Les deux garçons gardèrent le silence, trop étonnés pour parler. Qu'est-ce que c'était que ce train qui sortait d'un tunnel en pleine nuit, s'y enfonçait de nouveau et ne reparaissait pas à l'autre extrémité ?

« Le vieil Étienne nous a parlé d'une bifurcation, remarqua enfin François ; mais elle a été bloquée ; sinon le train aurait pu s'y engager.

— Oui, c'est la seule solution, si le train est réel, convint Mick. Nous ne pouvons explorer les tunnels toute la nuit ; attendons à demain. Pour le moment, j'ai envie de dormir. »

François approuva. En silence, tous deux retournèrent au camp ; mais ils oublièrent la ficelle tendue devant leur tente et, sans s'en apercevoir posèrent le pied dessus. Ils se hâtèrent de se recoucher, car ils mouraient de sommeil.

Claude avait décousu un coin de son sac de couchage pour y passer la ficelle qu'elle avait attachée à son orteil. La secousse l'éveilla en sursaut. Dagobert, alerté par le retour des garçons, lui donna un grand coup de langue.

Claude ne s'était pas déshabillée complètement ; elle sortit de son sac et rampa au-dehors. François et Mick se préparaient à partir sans tambour ni trompette ; rirait bien qui rirait le dernier.

Mais lorsqu'elle s'approcha de la tente, rien ne bougeait ; les deux garçons s'étaient endormis tout de suite, fatigués par leur course nocturne. François ronflait un peu et Mick respirait si fort que Claude l'entendait du dehors. La surprise la cloua sur place. Quelqu'un avait marché sur la ficelle, c'était sûr. Après être restée plusieurs minutes aux aguets, elle se résigna à retourner se coucher.

Le lendemain matin, Claude eut un nouvel accès de rage. Mick et François racontèrent leur aventure de la nuit et Claude eut d'abord quelque peine à les croire. Ils étaient donc encore partis sans elle et, de plus, ils avaient pris soin de ne pas toucher la ficelle. Mick s'aperçut de la fureur de Claude et ne put s'empêcher de rire.

« Tu vois, ma vieille, nous sommes plus malins que toi ; ta petite astuce n'a servi à rien. Mais, au retour, nous avons oublié le piège. Quelle secousse tu as dû sentir ! Tu avais attaché l'autre bout de la ficelle à ton orteil, n'est-ce pas ? » Claude lui aurait jeté son bol de chocolat à la tête si Jacquot n'était pas arrivé juste à cet instant. Il n'avait pas son sourire habituel et paraissait tout déconfit.

« Bonjour, Jacquot, dit François, tu vas déjeuner avec nous. Assieds-toi.

— Impossible, répondit Jacquot, je n'ai que quelques minutes. C'est la déveine. Il faut que j'aille chez la sœur de mon beau-père et que j'y passe deux semaines. Quinze jours ! Vous vous rendez compte ? Vous serez partis quand je reviendrai, n'est-ce pas ?

— Oui, Jacquot, pourquoi es-tu obligé de partir ? demanda Mick avec surprise. Il y a eu une scène chez toi ?

— Je ne sais pas, dit Jacquot ; maman ne veut rien me dire, mais elle est toute triste. Mon beau-père est d'une humeur massacrante. À mon avis, ils veulent m'éloigner pour une raison quelconque. Je ne connais pas bien la sœur de mon beau-père, je ne l'ai vue qu'une fois ; elle m'a été très antipathique.

— Eh bien, viens avec nous si tes parents veulent se débarrasser de toi », dit François qui avait pitié de Jacquot.

Le visage du jeune garçon s'éclaira.

« Ça c'est une idée, s'écria-t-il.

— Une idée épatante, convint Mick. Je ne vois pas pourquoi tu ne viendrais pas si tu es de trop à la ferme. Qu'est-ce que ça peut faire à ton beau-père que tu sois chez sa sœur ou ici ? Nous serons très contents de t'avoir.

— Entendu ! déclara Jacquot. Je ne dirai pas un mot à mon beau-père ; je mettrai maman dans le secret ; elle devait m'emmener aujourd'hui. Je ne crois pas qu'elle vendra la mèche et j'espère qu'elle arrangera les choses avec sa belle-sœur. »

Jacquot rayonnait de bonheur ; tous partageaient sa joie, même Claude. Quant à Dagobert, il agitait frénétiquement la queue. Les garçons se réjouissaient d'avance de raconter à leur camarade les aventures de la nuit. Il s'en alla demander la permission à sa mère pendant que les autres faisaient la vaisselle et mettaient tout en ordre. Après son départ, Claude reprit son air boudeur. Elle ne pouvait pardonner ce qu'elle appelait « la trahison des garçons » et refusa d'écouter leurs commentaires.

« Je me moque de vos trains fantômes, cria-t-elle. Vous n'avez pas voulu de moi ; eh bien, je me désintéresse de vos histoires ! »

Et elle s'éloigna avec Dagobert sans faire part de ses projets.

« Laissez-la partir, dit François exaspéré. Que faudrait-il que je fasse ? Que je tombe à ses pieds et que je la supplie de nous honorer de sa présence la nuit prochaine si nous retournons là-bas ?

— Nous devrions y aller en plein jour, remarqua Mick ; et Claude pourrait venir, car Annie, si elle ne veut pas nous accompagner, peut très bien rester seule dans la journée.

— Tu as raison, dit François, rappelons-la. »

Mais Claude était trop loin pour entendre.

« Elle a pris des sandwiches, dit Annie ; nous ne la reverrons pas de sitôt. Quelle idiote ! »

Jacquot revint au bout d'un moment avec deux couvertures, un chandail de laine et d'autres provisions.

« Ça a été dur de persuader maman, dit-il ; mais elle a fini par consentir ; d'ailleurs, même si elle avait refusé, je serais venu. Mon beau-père n'a pas le droit de me donner des ordres. Que je suis content ! Je n'avais jamais imaginé que je camperais avec vous. S'il n'y a pas de place pour moi dans la tente, François, je coucherai dehors.

— Il y aura bien assez de place, dit François. Bonjour, monsieur Clément. Vous vous levez de bonne heure. »

M. Clément jeta un regard à Jacquot.

« Ah ! c'est votre petit *ami* de la ferme ? Il vient passer quelques jours avec nous ? Je vois qu'il a apporté des couvertures.

— Oui, Jacquot campera, dit François. Regardez toutes les provisions qu'il a apportées... assez pour soutenir un siège.

— En effet ! dit M. Clément. Je vais mettre mes collections en ordre. Et vous ?

— Oh ! nous flânerons jusqu'au déjeuner, dit François, puis nous ferons peut-être une promenade. »

M. Clément retourna dans sa tente et se mit au travail en fredonnant.

137

Soudain Jacquot sursauta et une lueur de crainte passa dans ses yeux.

« Qu'est-ce que tu as ? » demanda François. Puis il entendit ce qui épouvantait Jacquot ; des coups de sifflet qui retentissaient à quelque distance.

« C'est mon beau-père, dit l'enfant. Il me rappelle. Maman a dû lui dire où j'étais ou bien il l'a découvert tout seul.

— Vite, filons et cachons-nous, dit Annie. Si tu n'es pas là, il ne peut pas te reprendre. Quand il en aura assez de te chercher, il partira. »

L'idée leur parut excellente. D'ailleurs, ils ne tenaient pas à affronter la colère de M. André. Tous les quatre dégringolèrent la pente et se cachèrent dans les broussailles. On entendit bientôt une voix qui appelait Jacquot, mais Jacquot resta invisible. M. André arriva jusqu'à la tente de M. Clément. Le professeur, surpris de ces cris, sortit la tête pour voir ce qui se passait et M. André ne lui plut pas du tout.

« Où est Jacquot ? demanda l'homme d'un ton menaçant.

— Je ne sais pas, répondit M. Clément.

— Il faut qu'il retourne à la ferme. Je ne veux pas qu'il rôde ici avec ces gosses.

— Que leur reprochez-vous ? demanda M. Clément. Moi, je les trouve très gentils et très bien élevés. »

M. André dévisagea M. Clément et décida de s'assurer l'appui de ce bonhomme placide, un peu benêt et sûrement inoffensif.

« Je ne sais pas qui vous êtes, dit-il, mais je suppose que vous êtes un parent ou un ami des

138

jeunes campeurs. Dans ce cas, je vous avertis qu'ils courent de grands dangers. Compris ?

— Vraiment ? Quels dangers ? demanda M. Clément d'un ton incrédule.

— Eh bien, sur ce plateau, il y a des endroits qui ne sont pas de tout repos, reprit M. André. Je les connais ; ces enfants s'y sont aventurés. Si Jacquot vient ici, il ira aussi, et je ne veux pas qu'il lui arrive malheur. Sa mère en aurait le cœur brisé...

— Sûrement, approuva M. Clément.

— Renvoyez-le-moi, voulez-vous ? dit M. André... Cette gare là-bas est un endroit très dangereux. On raconte qu'elle est hantée. Des trains fantômes s'y arrêtent. Je ne veux pas que Jacquot soit mêlé à des histoires de ce genre.

— Parfait, dit M. Clément en regardant attentivement M. André ; vous avez l'air de vous intéresser beaucoup à tout cela.

— Moi ? Jamais de la vie, dit M. André. Je me garde bien d'y mettre les pieds. Je ne tiens pas du tout à voir des trains fantômes. Si j'en apercevais un, je prendrais mes jambes à mon cou ; je ne veux pas que Jacquot s'expose au danger. Aussi vous serais-je très reconnaissant de me le renvoyer dès que vous le verrez.

— Parfait », répéta M. Clément.

M. André, exaspéré, se retint pour ne pas gifler M. Clément, mais il fit demi-tour et s'en alla. Quand il ne fut plus qu'un point noir au loin, M. Clément cria :

« Il est parti, Jacquot. Viens, j'ai à te parler. »

Les quatre enfants sortirent de leur cachette, et Jacquot s'approcha de M. Clément, l'air buté.

« Je voulais simplement te dire que je comprends très bien que tu veuilles passer quelque temps loin de ton beau-père, expliqua M. Clément. Je considère que ce n'est pas du tout mon affaire de te renvoyer auprès de lui. »

Jacquot se mit à rire.

« Oh ! merci, dit-il, que vous êtes gentil ! »

Il se précipita vers les autres.

« Tout est arrangé, dit-il. Je reste. Si nous allions explorer le tunnel après le déjeuner, nous verrions peut-être le train fantôme ?

— Bonne idée, dit François. Pauvre Claude ! Encore une aventure qu'elle manquera ! »

Chapitre 15

Claude
a ses propres
aventures

Claude était partie avec une idée en tête : découvrir la vérité sur ce tunnel mystérieux. Elle décida de traverser le plateau jusqu'à la vallée des Peupliers. Peut-être pourrait-elle même entrer dans le tunnel.

Elle arriva bientôt à la gare du Grand Chêne. Thomas bricolait dans la cour. Claude s'approcha de lui. Il ne l'entendit pas venir et sursauta quand elle l'interpella ; il se retourna et la regarda méchamment.

« Filez, cria-t-il. On m'a ordonné de vous chasser, vous et vos amis. Vous voulez que je perde ma place ?...

141

— Qui vous a dit de nous chasser ? » demanda Claude étonnée.

Qui pouvait savoir que les quatre enfants étaient venus jusque-là ?

« C'est lui », dit le gardien.

Il frotta ses yeux et regarda Claude.

« J'ai cassé mes lunettes, gémit-il.

— Qui donc vous a dit de nous chasser ? » insista Claude.

Mais le vieux Thomas avait brusquement changé d'humeur ; il se pencha, ramassa un gros caillou et leva le bras. Dagobert gronda.

Le vieux laissa retomber la pierre.

« Filez, dit-il. Vous ne voulez pas qu'un pauvre homme comme moi perde son gagne-pain, n'est-ce pas ? Vous avez l'air d'un gentil garçon. Vous ne voudriez pas que le vieux Thomas ait des ennuis ? »

Claude fit demi-tour et s'engagea dans le chemin qui conduisait au tunnel afin de jeter un coup d'œil à l'intérieur, mais elle ne vit rien d'intéressant ; comme elle n'avait aucune envie de pénétrer toute seule dans ce passage souterrain, elle prit le sentier que François avait suivi la veille au-dessus du tunnel ; elle s'arrêta à mi-chemin pour examiner un étrange monticule au milieu des bruyères.

La fillette écarta le feuillage et ses doigts rencontrèrent un obstacle ; elle tira de toutes ses forces sans arriver à un résultat. Dagobert, qui croyait qu'elle avait trouvé un terrier de lapin, accourut à son aide. Il gratta la terre et, brusquement, avec un jappement de frayeur, il disparut.

« Dagobert, cria Claude. Qu'as-tu fait ? Où es-tu ? »

À sa grande joie, un aboiement lointain lui répondit. Où donc était le chien ? Elle l'appela de nouveau et Dagobert aboya de plus belle.

Claude arracha quelques touffes de bruyère et comprit brusquement la nature de cet étrange monticule ; c'était un des trous d'aération du tunnel... c'était de là que s'échappait la fumée à l'époque où circulaient de nombreux trains. La cheminée en maçonnerie qui le dépassait avait été recouverte par un amas de terre où avaient poussé des herbes. En se penchant sur l'excavation que Dagobert avait creusée, Claude aperçut un grillage rouillé au milieu duquel s'ouvrait un large trou. C'était par là que le chien était tombé.

« Oh ! Dagobert, j'espère que tu ne t'es pas fait mal, dit anxieusement Claude, ce n'est pas très profond... Attends un moment ; je vais voir ce que je peux faire ; si seulement les autres étaient là pour m'aider. »

Hélas ! ils n'étaient pas là, et Claude eut beaucoup de peine pour dégager le grillage. Elle y réussit enfin et entendit plus distinctement Dagobert. Il poussait de temps en temps quelques petits jappements comme pour dire : « Ce n'est pas grave, je peux attendre, je ne suis pas blessé... »

Claude était si fatiguée qu'elle fut obligée de s'asseoir pour reprendre haleine. Elle avait faim, mais ne voulut pas manger avant d'avoir rejoint Dagobert, et ne s'accorda qu'un bref moment de repos.

Elle descendit dans le conduit d'aération ; c'était très difficile et elle se demandait si elle n'allait pas dégringoler comme le chien. Une fois à l'intérieur, elle découvrit deux rangées de tiges de fer verticales dont quelques-unes supportaient de minces traverses ; jadis une échelle conduisait jusqu'en haut. La plupart des échelons avaient disparu, mais les montants de fer étaient restés dans le mur de briques. Dagobert poussa un petit cri ; sa jeune maîtresse était maintenant tout près de lui.

Avec précaution, la fillette descendit, et son pied toucha enfin Dagobert. Il se trouvait sur une étroite plate-forme entre deux échelons.

« Oh ! Dagobert, cria Claude terrifiée... comment vais-je te sortir de là ? Ce trou descend jusqu'au tunnel. »

Elle ne pouvait remonter le chien ni le faire descendre par cet escalier de fer où manquaient tant de marches ; la situation semblait désespérée.

« Oh ! Dagobert... pourquoi me suis-je mise en colère et suis-je partie sans les autres à la recherche d'aventures ? Ne tombe pas, Dagobert ; si tu tombais, tu te casserais les pattes. »

Dagobert n'avait pas du tout l'intention de tomber ; il avait peur, mais se sentait à peu près en sécurité sur sa plate-forme et se gardait de faire un mouvement.

« Écoute, Dagobert, dit enfin Claude, je vais essayer d'arriver en bas pour voir à quel endroit nous sommes dans ce tunnel. Je pourrais trouver quelqu'un pour m'aider. Non, c'est impossible ; si au moins je découvrais une vieille corde ou quelque chose qui me permette de te descendre. Oh ! mon Dieu, quel horrible cauchemar ! »

Claude donna une petite tape à Dagobert pour le rassurer et, du bout des pieds, tâta les échelons. Maintenant ils étaient tous à leur place, et la descente devenait plus facile. La fillette fut bientôt ments. Puis elle inspecta l'endroit où Dagobert était tombé.

« De la suie ! Oh ! Dago, quelle chance pour toi ! Sans cela tu te serais fait si mal ! »

Dagobert lécha le nez de Claude et fit la grimace ; le goût de la suie ne lui plaisait pas.

Claude se releva ; elle ne tenait pas à remonter par cet horrible trou et, d'ailleurs, Dagobert en aurait été incapable ; il fallait donc sortir par le tunnel. Quelques instants plus tôt, elle n'aurait pas osé s'engager dans le souterrain de peur de rencontrer le train fantôme, mais le train fantôme était là, devant elle et, dans son inquiétude au sujet de Dagobert, elle l'avait complètement oublié.

Dagobert s'approcha de la locomotive et flaira les roues ; puis il sauta à l'intérieur ; l'audace de Dagobert calma les craintes de Claude. Ce n'était, après tout, qu'un train comme les autres puisque le chien y montait sans frayeur. Elle décida d'examiner les fourgons qui étaient au nombre de quatre. Sa lampe électrique à la main, elle grimpa dans l'un d'eux et Dagobert la suivit. Elle imaginait que le wagon serait vide, déchargé bien des années plus tôt par des employés, mais il était plein de caisses. Claude fut surprise. Pourquoi un train fantôme transportait-il des caisses ? Elle s'apprêtait à examiner leur contenu quand un bruit frappa ses oreilles.

Claude se hâta d'éteindre sa lampe électrique, se blottit dans un coin, saisit le collier de Dagobert et écouta. Le chien était assis sur le qui-vive et ses poils se hérissaient sur son dos.

À un cliquetis métallique succéda un choc sourd. Soudain une lumière brilla et le tunnel fut éclairé comme en plein jour.

147

Cette clarté venait d'une grande lampe accrochée au mur du tunnel. Claude jeta un regard prudent par une fente du fourgon. Elle se trouvait sans doute au point d'intersection des deux tunnels : l'un allait jusqu'à la gare de la vallée des Peupliers ; mais l'autre, d'après ce qu'avaient appris les garçons, était obstrué. Claude suivit les voies des yeux ; la première descendait le long du tunnel jusqu'à la vallée des Peupliers ; la seconde se dirigeait vers un grand mur fermant le tunnel qui conduisait autrefois à la gare des Corbeaux.

« Oui, c'est bien ce que le vieux porteur a dit à François », pensa Claude. Et elle s'immobilisa, les mains crispées sur le collier de Dagobert, stupéfaite, pouvant à peine en croire ses yeux.

Un pan de mur pivotait, laissant un passage assez large pour le train. Claude retint une exclamation.

Un homme franchit l'ouverture. Claude était sûre qu'elle l'avait déjà vu quelque part ; il s'approcha du train et monta dans la locomotive.

Des bruits divers résonnaient. Que se passait-il donc ? Allumait-on la chaudière pour mettre le train en marche ? Claude n'osait se pencher au-dehors pour regarder ; elle tremblait de tous ses membres, et Dagobert se pressait contre elle pour la réconforter.

Un halètement se mêla aux autres sons. L'homme mettait sans doute la locomotive en marche ; une volute de fumée sortit de la cheminée... Et, de nouveau, des cliquetis et des chocs sourds s'élevèrent...

Une brusque idée épouvanta la fillette : l'homme ferait peut-être franchir au train l'ouverture béante et la refermerait derrière lui. Alors

Claude se trouverait prisonnière ; elle serait dans le fourgon, cachée derrière ce mur, sans aucun espoir d'évasion.

« Il faut que je descende avant qu'il ne soit trop tard, pensa-t-elle, prise de panique ; pourvu que l'homme ne me voie pas ! »

Mais au moment où elle s'approchait du marchepied, la locomotive, avec un bruyant « teuf, teuf ! » se mit à reculer, parcourut quelques mètres en arrière, puis s'élança en avant ; cette fois, les roues étaient sur les rails qui franchissaient l'ouverture et s'enfonçaient dans le second tunnel.

Claude n'osa pas sauter du train en marche ; elle resta donc immobile tandis que le convoi pénétrait dans l'autre tunnel par l'ouverture juste assez grande pour le laisser passer.

Le second passage souterrain était aussi

brillamment éclairé que le premier. Claude jeta un regard par la fente et aperçut, de chaque côté, de grandes caves où des hommes attendaient. Qui pouvaient-ils être et que faisaient-ils avec ce vieux train ?

Un bruit étrange résonna derrière les fourgons. L'ouverture du mur de brique se refermait. Maintenant il n'y avait plus moyen ni d'entrer ni de sortir. « C'est comme la caverne d'Ali-Baba et des Quarante Voleurs, pensa Claude et, comme Ali-Baba, je suis dans la caverne et je ne sais comment en sortir. Grâce à Dieu, Dagobert est avec moi. »

Le train s'était arrêté ; derrière lui, s'élevait le mur et, devant, un autre mur se dressait. Le tunnel devait être bouché à deux endroits. Et, entre les deux, s'étendait cette cave extraordinaire.

Que signifiait tout cela ? Claude se creusait la tête sans le découvrir.

« Que diraient les autres s'ils savaient que nous sommes tous deux dans le train fantôme, prisonniers dans une cachette où personne ne peut nous trouver ? chuchota Claude à Dagobert. Qu'allons-nous faire, mon vieux Dago ? »

Dagobert agita la queue ; ces événements dépassaient sa compréhension ; il éprouvait le besoin de dormir quelques instants pour s'éclaircir les idées.

« Nous attendrons que les hommes soient partis, Dagobert, chuchota Claude, en admettant qu'ils partent. Ensuite nous verrons si nous pouvons trouver le moyen de sortir. Nous raconterons tout cela à M. Clément, car il se passe ici des choses bizarres et très mystérieuses et nous sommes tombés juste au milieu. »

Chapitre 16

Les garçons retournent dans le tunnel

Jacquot était heureux comme un roi ; il déjeuna avec ses amis et rivalisa d'appétit avec eux. M. Clément se joignit à la petite troupe et Jacquot lui sourit, certain d'avoir en lui un allié et un ami sûr.

« Où est Claude ? demanda M. Clément.

— Elle est partie toute seule, dit François.

— Vous vous êtes disputés ? demanda M. Clément.

— Un peu, répondit François, et, quand elle est en colère, il vaut mieux la laisser tranquille. C'est une drôle de fille.

— Où est-elle allée ? demanda M. Clément en

se servant des tomates. Pourquoi ne revient-elle pas déjeuner ?

— Elle a emporté des sandwiches, répondit Annie. Je suis tout de même un peu inquiète ; j'espère qu'il ne lui arrivera rien. »

M. Clément laissa sa fourchette en suspens.

« Je suis inquiet aussi, dit-il ; heureusement, Claude a Dagobert avec elle.

— Nous allons explorer le pays, déclara François, quand ils eurent fini de manger. Et vous, monsieur Clément, quels sont vos projets ?

— J'ai envie de vous accompagner », répliqua M. Clément.

Les enfants accueillirent cette nouvelle sans enthousiasme ; ils ne pourraient pas aller à la recherche des trains fantômes dans le tunnel si M. Clément s'attachait à leurs pas.

« Je ne crois pas que ce sera très intéressant pour vous, monsieur », protesta François en désespoir de cause.

M. Clément comprit à demi-mot qu'il était indésirable.

« Bon, dit-il, je resterai ici. »

Les enfants poussèrent un soupir de soulagement. Annie mit tout en ordre avec l'aide de Jacquot ; puis ils dirent au revoir à M. Clément et s'en allèrent en emportant leur goûter.

Jacquot ne se tenait pas de joie ; à l'idée de coucher dans le camp avec les autres, il ne pouvait s'empêcher de rire. M. Clément était rudement gentil d'avoir pris son parti. Et ce fut en sautant gaiement qu'il descendit vers la vieille gare en compagnie des deux garçons et d'Annie.

Le gardien était là, comme d'habitude ; de loin,

ils lui adressèrent des signes d'amitié, mais il les menaça du poing et cria de sa voix rauque :

« Partez, vous n'avez rien à faire ici. Vous verrez un peu si vous descendez...

— Nous n'avons aucune envie de descendre, dit Mick. Pauvre homme ! Avec sa jambe de bois, il ne risque pas de nous rattraper. Nous ne lui donnerons pas la peine de nous poursuivre. Le mieux est de longer les rails jusqu'au tunnel. »

C'est ce qu'ils firent à la grande fureur du malheureux Thomas qui leur cria des injures jusqu'au moment où la voix lui manqua. Les enfants feignirent de ne pas entendre et marchèrent tranquillement le long des rails. L'ouverture du tunnel paraissait très noire.

« Entrons là-dedans et cherchons ce train fantôme, dit François ; puisqu'il n'est pas sorti de l'autre côté, il doit être quelque part là-dedans.

— Si c'est un vrai train fantôme, il a pu se volatiliser complètement », remarqua Annie.

Ce tunnel obscur lui déplaisait souverainement. Les autres se mirent à rire.

« Allons donc ! dit Mick ; nous le découvrirons, lui et son secret, et nous saurons pourquoi il se montre et disparaît aussi mystérieusement. »

Ils entrèrent dans le souterrain et allumèrent leur lampe électrique qui traçait devant eux un étroit sentier lumineux. François marchait le premier entre les rails, guettant tout ce qui pouvait ressembler à un train, fantôme ou non.

Les voix réveillaient des échos sinistres. Annie se tenait tout près de Mick et regrettait d'être venue ; puis elle se rappela que Claude l'avait traitée de froussarde et releva la tête, bien déci-

dée à ne pas montrer sa frayeur. Jacquot bavardait sans arrêt :

« Jamais je ne me suis tant amusé ; ça, c'est une aventure, chercher un train fantôme dans un tunnel ; c'est passionnant et ça donne le frisson ; j'espère que nous trouverons le train. Il doit bien être quelque part. »

Ils marchèrent longtemps, mais le convoi restait invisible. Ils arrivèrent enfin à la bifurcation. François promena sa lampe électrique sur l'énorme mur de briques qui bouchait le second tunnel.

« Le vieux porteur avait raison, dit-il. Nous n'avons donc que ce côté à explorer. Venez. »

Ils continuèrent leur route sans se douter que Claude et Dagobert étaient cachés derrière ce mur de briques, dans le fourgon du train fantôme lui-même ; ils suivirent les rails et ne trouvèrent rien d'intéressant.

Soudain un cercle lumineux brilla devant eux.

« Vous voyez, c'est la fin du tunnel, dit François ; l'issue qui donne sur la gare de la vallée des Peupliers ; si le train n'est pas dans cette dernière partie du tunnel, il s'est volatilisé, comme le dit Annie. »

En silence, ils terminèrent le trajet et débouchèrent en plein air. Des ateliers étaient bâtis tout autour de la gare ; des herbes folles envahissaient l'entrée du souterrain et poussaient aussi le long des voies.

« Sûrement aucun train n'est sorti de ce tunnel depuis des années, remarqua François en regardant ce tapis vert ; les roues auraient écrasé toutes ces plantes.

— C'est extraordinaire, renchérit Mick stupéfait. Nous avons parcouru le tunnel tout entier sans voir le train. Cependant, nous savons qu'il y est entré. Que s'est-il passé ?

— C'est un train fantôme, s'écria Jacquot, rouge et surexcité ; il n'existe que la nuit et refait le trajet dont il avait l'habitude il y a des années.

— C'est affreux ! dit Annie effrayée. Un vrai cauchemar.

— Et maintenant ? demanda François. Nous avons fait chou blanc : pas de train, rien à voir là-dedans ; c'est une expédition qui finit en queue de poisson.

— Retournons par le même chemin, dit Jacquot, désireux de prolonger l'aventure. Je sais bien que nous ne verrons pas plus le train au retour qu'à l'aller, mais après tout, on ne sait jamais.

— Pour rien au monde, je ne repasserai par là, s'écria Annie, je veux être dehors, au soleil. Je marcherai par-dessus, dans le sentier que François a suivi l'autre nuit, et vous me retrouverez à la sortie.

— Entendu », dit François.

Les trois garçons s'engouffrèrent dans le tunnel. Annie courut le long du sentier. Comme c'était agréable d'être dehors et non dans cet horrible souterrain. Elle courait gaiement, heureuse de sentir la chaleur du soleil.

Elle atteignit rapidement l'extrémité du tunnel et s'assit pour attendre les autres ; elle chercha du regard le vieux Thomas à la jambe de bois, mais ne le vit pas et conclut qu'il s'était enfermé dans sa cabane. Deux minutes plus tard, un événement inattendu se produisit ; une voiture arriva en trombe et s'arrêta devant la gare. Dans l'homme qui en descendit, Annie, à son intense surprise, reconnut M. André, le beau-père de Jacquot. Il alla à la cabane du vieux Thomas et ouvrit la porte... Un murmure de voix parvint jusqu'à la fillette ; puis un autre bruit frappa ses oreilles : le roulement d'un camion. Le lourd véhicule descendit la pente avec précaution et pénétra dans un vieux hangar à moitié écroulé. Trois hommes en sortirent. Annie les regarda l'un après l'autre. Où donc les avait-elle vus ?

« Oh ! oui, l'autre jour ils travaillaient dans la ferme de Jacquot, pensa-t-elle. Que font-ils ici ? C'est bien bizarre ! »

M. André rejoignit les nouveaux venus et, à la grande consternation d'Annie, tous les quatre se dirigèrent vers le tunnel.

La fillette eut la sensation que son cœur cessait

de battre. François, Mick et Jacquot étaient encore à l'intérieur. Ils se heurteraient à M. André et à ses hommes et alors que se passerait-il ? M. André les avait menacés de terribles dangers s'ils rôdaient autour de la gare, et il avait formellement interdit à Jacquot d'y mettre les pieds.

Annie suivit des yeux les quatre hommes qui entraient dans le souterrain. Que faire ? Comment avertir les garçons ? C'était impossible ; elle ne pouvait qu'attendre. Ils allaient reparaître, hors d'haleine, poursuivis par M. André, furieux. Oh ! mon Dieu, mon Dieu ! Comment pourraient-ils se défendre contre les robustes gaillards de la ferme ? Ils seraient injuriés, frappés peut-être...

« Je ne peux rien pour eux, pensa la pauvre Annie ; il n'y a rien à faire. Oh ! venez vite, François, Mick et Jacquot. Si au moins je pouvais vous prévenir. »

Elle attendit. L'après-midi touchait à sa fin. François transportait dans son sac à dos le pain, le chocolat et les fruits du goûter et Annie n'avait rien à manger.

Personne ne sortit du tunnel. Un silence sinistre pesait sur les alentours. Annie décida enfin d'aller poser quelques questions au gardien. Et, mourant de peur, elle descendit jusqu'à la gare.

Thomas buvait un verre de vin rouge dans sa cabane et paraissait plus hargneux que jamais. Il avait sûrement eu des ennuis. Quand il vit l'ombre d'Annie sur sa porte, il se leva et brandit le poing.

« Encore ces sales gosses... Vous êtes entrés

dans le tunnel cet après-midi, et j'ai téléphoné à
M. André de venir vous surprendre et vous donner une bonne correction. Comment êtes-vous
sortie ? Et où sont les autres ? M. André vous a
trouvés, hein ? »

Annie écoutait, horrifiée. Ainsi, le vieux Thomas avait téléphoné à M. André, et le beau-père
de Jacquot était venu tout exprès pour les punir.
La situation était encore plus grave qu'elle ne le
pensait.

« Venez, dit brusquement Thomas en avançant
son grand bras ; je ne sais pas où sont les autres,
mais j'en tiendrai toujours une. »

Annie poussa un cri et s'enfuit à toutes jambes.
Le gardien la poursuivit un petit moment, puis y
renonça ; il se baissa et ramassa une poignée de
cailloux qui s'abattirent comme des grêlons
autour d'Annie. La fillette, haletante, gravit le
sentier à toute vitesse et fut bientôt sur le plateau.
Elle sanglotait.

« Oh ! François, Mick, que vous est-il arrivé ?
Et où est Claude ? Si elle était là, elle aurait le
courage d'aller les chercher, mais, moi, j'ai trop
peur. Il faut que je trouve M. Clément ; il saura
ce qu'il faut faire. »

Aveuglée par les larmes, elle courait, trébuchait
sur les racines de bruyère, tombait et se relevait ;
elle n'avait maintenant plus qu'une idée : trouver
M. Clément et tout lui raconter. Oui, elle lui par-
lerait des trains fantômes et du reste ; cette histoire était trop étrange ; elle avait besoin de l'aide
d'une grande personne.

« Monsieur Clément, criait-elle sans ralentir sa
course, oh ! monsieur Clément, où êtes-vous,
monsieur Clément ? »

Mais personne ne lui répondait. Des buissons de genêts apparurent à ses yeux ; sans doute ceux qui abritaient le camp ; mais, hélas, les tentes n'étaient pas là. Annie s'était égarée.

« Je me suis perdue, songea la petite fille, les joues ruisselantes de larmes, mais il ne faut pas que j'aie peur ; il faut que j'essaie de retrouver le chemin. Oh ! mon Dieu, je suis tout à fait perdue. Monsieur Clément ! »

Pauvre petite Annie ! Elle courait sans savoir où elle allait et sans cesser de crier :

« Monsieur Clément, venez à mon secours. Monsieur Clément ! »

Chapitre 17

Nouvelles surprises

Que faisaient pendant ce temps les trois garçons engagés dans le tunnel ? Ils cheminaient lentement, cherchant sur les voies les traces du passage récent d'un train. Mais l'herbe ne poussait pas dans le tunnel sombre et sans air, et les indices manquaient.

Pourtant, quand ils furent à mi-chemin, François remarqua un détail intéressant. « Regardez, dit-il en promenant autour de lui le rayon de sa lampe électrique, derrière nous, les rails sont noirs et rouillés, mais en voici qui brillent comme s'ils servaient. »

Il ne se trompait pas. Derrière eux, les rails, tordus par endroits, avaient perdu tout éclat, mais devant eux, les rails qui conduisaient à la gare du

161

Grand Chêne paraissaient soigneusement entretenus.

« Bizarre, approuva Mick ; on dirait que le train fantôme ne va que d'ici à la gare du Grand Chêne. Pourquoi ? Et où diable est-il maintenant ? S'est-il évaporé ? »

François était aussi intrigué que Mick. Où pouvait être le train sinon dans le tunnel ? Évidemment, il était arrivé au milieu, puis s'était arrêté, mais où était-il passé à présent ? « Allons jusqu'au bout du tunnel pour voir si les rails sont brillants tout le long du chemin, dit François. Nous ne découvrirons rien ici, à moins que le train n'apparaisse brusquement devant nos yeux. »

Ils se mirent à marcher en s'éclairant de leurs lampes électriques ; et comme ils parlaient avec animation, ils ne virent pas quatre hommes tapis dans une petite niche obscure. « Moi, dit François, je crois... »

Soudain il s'interrompit ; quatre silhouettes noires s'élançaient sur les garçons et s'emparaient d'eux. François poussa un cri et se débattit, mais ne put échapper à la poigne solide qui le tenait ; les lampes électriques furent jetées à terre ; celle de François se cassa. Les deux autres restèrent allumées et projetaient une faible clarté au ras du sol.

En quelques secondes, les jeunes garçons furent hors de combat et eurent les bras derrière le dos. François essaya de se défendre à coups de pied, mais l'homme qui le tenait lui tordit le bras si fort qu'il gémit et renonça à lutter.

« Qu'est-ce que ça veut dire ? demanda Mick. Qui êtes-vous et qu'est-ce que c'est que cette his-

162

toire ? Nous explorons un vieux tunnel. Est-ce un crime ?

— Emmenez-les, dit une voix que tout le monde reconnut aussitôt.

— Monsieur André, c'est vous ! cria François, libérez-nous, vous nous connaissez. Nous sommes les campeurs, et Jacquot est ici aussi. Pourquoi nous traitez-vous ainsi ? »

M. André ne répondit pas, mais il gifla si fort son beau-fils que Jacquot chancela et ne reprit qu'avec peine son équilibre.

Les quatre hommes firent faire demi-tour à leurs captifs et les entraînèrent sans ménagement dans l'obscurité, car ils n'avaient pas pris la peine de ramasser les lampes électriques ; les trois garçons trébuchaient à chaque instant, mais les autres marchaient d'un pas assuré.

Au bout d'un moment, ils firent halte. M. André les quitta et François l'entendit s'éloigner vers la gauche ; puis on perçut un singulier grincement. Que signifiait cela ? François écarquilla les yeux, mais ne put percer les ténèbres. Il ne savait pas que M. André ouvrait le mur comme tout à l'heure pour faire passer le train ; il ne savait pas que ses compagnons et lui étaient poussés dans le second tunnel.

Les trois garçons se laissaient entraîner sans oser protester.

Maintenant ils se trouvaient dans l'étrange cachette entre les deux murs. C'était là que le train fantôme était arrêté ; là aussi que Claude se dissimulait dans un des fourgons avec Dagobert sans que personne soupçonnât sa présence. M. André lui-même ignorait qu'une fillette et un chien étaient témoins de la scène. Il prit une lampe électrique et en promena le rayon sur le visage des trois garçons qui, malgré leur fière attitude, ne pouvaient s'empêcher d'avoir peur. L'attaque avait été si imprévue, l'atmosphère était si lugubre.

« On vous avait dit de vous tenir loin de cette gare, déclara une voix ; on vous avait dit que c'était un endroit dangereux, et c'est vrai. Vous n'avez pas obéi et vous en serez punis ; nous allons vous ligoter et vous resterez là jusqu'à ce que nous ayons terminé notre travail. Peut-être trois jours, peut-être trois semaines.

— Vous ne pouvez pas nous garder prisonniers aussi longtemps, cria François, on nous cherchera partout et on nous trouvera sûrement.

— Bien sûr que non, dit la voix ; personne ne vous découvrira ici. Allons, Pierre, ligote-les. »

Pierre exécuta consciencieusement sa besogne ; les jeunes garçons, jambes et bras liés, furent adossés à un mur. François protesta de nouveau.

« Pourquoi nous traitez-vous ainsi ? Nous n'avons rien fait de mal et nous ne nous occupons pas de vos affaires.

— Nous ne voulons courir aucun risque. »

Ce n'était pas M. André qui prononçait ces mots, mais une voix ferme et énergique qui vibrait de contrariété.

« Et maman ? dit brusquement Jacquot à son beau-père ; elle sera inquiète.

— Tant pis pour elle, reprit la voix sans laisser à M. André le temps de répondre. C'est ta faute. Tu as été averti. »

Les quatre hommes s'éloignèrent, et le grincement, qui avait si fort intrigué les captifs, se fit de nouveau entendre. L'ouverture du mur se refermait, mais les jeunes garçons ne le savaient pas ; ils ignoraient où ils étaient. Puis tous les sons cessèrent et firent place à un silence de mort. Il faisait noir comme dans un four. Au bout d'un moment, François, Mick et Jacquot, sûrs d'être seuls, se mirent à parler.

« Quelles brutes ! Qu'est-ce qu'ils manigancent donc ? » dit François à voix basse en s'efforçant de desserrer les cordes qui entouraient ses poignets.

« Ils ont un secret à cacher, remarqua Mick. Zut ! ils n'y sont pas allés de main morte pour garrotter mes chevilles, la corde entre dans ma chair.

— Qu'allons-nous devenir ? » gémit Jacquot.

Il voyait maintenant le mauvais côté des aventures. « Chut ! dit brusquement François, j'entends du bruit. » Tous tendirent l'oreille.

« C'est un chien qui gémit », dit Mick.

En effet, Dagobert, caché dans le fourgon à côté de Claude, avait entendu la voix de ses amis et voulait les rejoindre, mais Claude, qui n'était pas encore sûre que les hommes fussent partis, le retenait par le collier. Elle se réjouissait à l'idée de ne plus être seule ; les trois garçons, Annie peut-être aussi, étaient venus la rejoindre. Les garçons, qui écoutaient attentivement, entendirent la même plainte. Claude lâcha enfin le collier et Dagobert sauta du fourgon. Il courut droit aux garçons dans l'obscurité et François sentit une langue mouillée sur son visage. Un corps chaud se pressa contre lui et un jappement familier fut pour lui la plus douce musique.

« Dagobert ! Ça alors ! Mick, c'est Dagobert,

s'écria François transporté de joie. D'où vient-il ?
Dagobert, c'est bien toi ?

— Ouah », répondit Dagobert, et il laissa François pour couvrir de caresses Mick et Jacquot.

« Où est donc Claude ? dit Mick.

— Ici », cria une voix.

Claude sauta du fourgon, alluma sa lampe électrique et courut auprès des garçons.

« Que s'est-il passé ? Comment vous trouvez-vous ici ? Vous êtes prisonniers ?

— Oui, dit François. Claude, sais-tu où nous sommes ? Je me demande si ce n'est pas un cauchemar.

— Je vais d'abord couper vos cordes, puis je vous expliquerai tout. » Elle tira son canif de sa poche. Quelques minutes plus tard, elle avait coupé les liens, et les garçons se frottaient les chevilles et les poignets.

« Merci, Claude. Quelle chance que tu sois là, dit François en se levant. Où sommes-nous ? Mon Dieu, il y a une locomotive ici... Que fait-elle ?

— C'est le train fantôme, répliqua Claude en riant.

— Mais nous avons parcouru tout le tunnel d'un bout à l'autre sans le trouver, dit François intrigué. Quel mystère !

— Écoute, François, dit Claude. Tu as vu le mur qui bloque le second tunnel, n'est-ce pas ? Eh bien, il y a une espèce de porte ; c'est comme si l'on disait : "Sésame, ouvre-toi !" Un pan de mur pivote pour laisser passer le train, puis l'ouverture se referme derrière lui. »

Avec sa lampe électrique, Claude montra aux

garçons étonnés le mur qui leur avait livré passage ; puis elle éclaira le côté opposé.

« Vous voyez, dit-elle, il y a deux murs dans ce second tunnel, avec un grand espace entre les deux, et c'est là que le train fantôme se cache. C'est rudement malin, n'est-ce pas ?

— À moins que ce ne soit complètement idiot, dit François. À quoi cela sert-il ? Qui peut bien venir s'amuser avec ce vieux train en pleine nuit ?

— C'est ce qu'il faut découvrir, affirma Claude, et c'est maintenant ou jamais. François, regarde ces caves qui s'étendent des deux côtés du tunnel ; on pourrait en cacher des choses là-dedans.

— Quelles choses et pourquoi ? demanda Mick. Tout cela n'a ni queue ni tête. »

Claude promena sur les trois garçons le rayon de sa lampe et posa brusquement une question :

« Où est donc Annie ?

— Elle n'a pas voulu venir avec nous dans le tunnel et elle est passée par le plateau pour nous retrouver à la gare du Grand Chêne, expliqua François. Le temps doit lui paraître long. J'espère qu'elle ne viendra pas à notre rencontre dans le tunnel. M. André et ses compagnons y sont encore. »

L'idée était inquiétante. Pauvre Annie ! Comme elle aurait peur si quatre hommes bondissaient sur elle dans l'obscurité. François se tourna vers Claude.

« Éclaire-nous pour que nous examinions ces caves. Je crois qu'il n'y a plus personne maintenant. Nous pouvons faire une tournée d'inspection. »

Claude obéit, et François constata que des caves immenses avaient été creusées de chaque côté du tunnel. Jacquot fit, lui, une autre découverte. Il aperçut un bouton de métal sur le mur. Était-ce celui qui commandait l'ouverture du mur ? Il appuya dessus ; immédiatement tout le tunnel fut inondé de lumière. Surpris par cette brusque clarté, les enfants fermèrent un instant les yeux.

« C'est mieux, dit François avec satisfaction. Un bon point pour toi, Jacquot. Maintenant, au moins, nous verrons ce que nous faisons. »

Il inspecta le train fantôme immobile sur les rails ; c'était vraiment un très vieux train qui aurait bien gagné d'être à la retraite.

« Il serait plus à sa place dans un musée, déclara François ; c'est donc toi que nous avons entendu l'autre nuit. Tu peux te vanter de nous avoir bien intrigués.

— J'étais cachée dans ce fourgon », dit Claude, et elle raconta ses aventures.

Les garçons l'écoutèrent, ébahis par l'étrange concours de circonstances qui avait amené la fillette dans ce lieu secret.

« Venez. Explorons les caves », dit François.

Ils entrèrent dans la plus proche ; elle était pleine de corbeilles et de caisses de toutes tailles. François en ouvrit une et siffla.

« Mon Dieu ! Regardez-moi ça. Des fromages, du beurre, des œufs. Toutes sortes de denrées. Il y en a pour de l'argent ! »

Les garçons pénétrèrent un peu plus avant dans les caves ; elles étaient pleines à craquer de marchandises qui représentaient une fortune.

« M. André et ses amis sont des voleurs qui pillent la région, déclara Mick. Mais que font-ils de leur butin ? Ils ne peuvent le laisser ici éternellement ; comment l'écoulent-ils ?

— Ils ont peut-être des complices qui viennent le chercher ici, dit François.

— Non, protesta Mick, je ne crois pas. Laisse-moi réfléchir. Voyons : ils volent les marchandises et les cachent quelque part provisoirement.

— Oui, dans la ferme de maman, s'écria Jacquot d'une voix étranglée ; tous ces camions dans la grange, c'est à cela qu'ils servent ; ils descendent à la gare du Grand Chêne la nuit ; les marchandises sont entassées dans le vieux train et on les apporte ici.

— Tu as mis le doigt dessus, Jacquot, dit François ; c'est rudement bien combiné. Qui imaginerait que cette petite ferme est un repaire de voleurs ? Vos ouvriers, ce n'est pas étonnant qu'ils ne fassent rien dans les champs ; ce sont des fripouilles. Leur seul travail est d'apporter les denrées à la gare et de les charger sur ce train.

— Ton beau-père doit gagner beaucoup d'argent à ce petit jeu, dit Mick à Jacquot.

— Oui. C'est pour cela qu'il a pu faire tant de dépenses dans la ferme, dit tristement Jacquot. Pauvre maman, comme elle sera malheureuse quand elle saura. Je ne crois pas que mon beau-père ait assez de cran pour être à la tête d'une organisation.

— Sûrement pas », approuva François, car M. André, stupide et falot, ne répondait pas à l'idée qu'il se faisait d'un chef de bande. « Dites donc, ces caves doivent avoir une issue par où sortent les marchandises.

— Tu as raison, dit Claude, s'il y en a une nous

169

la trouverons. Et nous en profiterons pour nous échapper.

— Venez », dit François. Et il éteignit la lumière aveuglante. « Ta lampe électrique nous éclairera suffisamment. Explorons d'abord cette cave. Ouvrez l'œil, mes amis, et le bon. »

Chapitre 18

L'évasion

Les quatre enfants et Dagobert entrèrent dans la grande cave. Ils se frayèrent un chemin au milieu des cageots, des corbeilles et des caisses, et s'étonnèrent de la quantité de marchandises volées.

« Ces caves sont naturelles, remarqua François. Le toit est peut-être effondré au point d'intersection des deux tunnels. Le vieil Étienne nous a parlé d'un accident et on a bloqué le passage.

— Les deux murs ont-ils été construits en même temps ? dit Mick.

— C'est impossible à deviner, répliqua François ; des gens connaissaient probablement l'existence des caves, et un beau jour quelqu'un a exploré le tunnel et a peut-être trouvé un vieux train sous des décombres.

— Et il a eu l'idée de s'en servir, de pratiquer une ouverture secrète dans le premier mur et d'en élever un second pour former une cachette. C'est extrêmement ingénieux.

— Cela peut dater de la dernière guerre, dit François. C'est peut-être un refuge de résistants, et les voleurs l'ont utilisé après. Qui sait ? »

Ils avaient exploré une partie de la cave sans rien trouver d'intéressant, quand ils arrivèrent devant des caisses soigneusement empilées les unes sur les autres et marquées de numéros tracés à la craie. François s'arrêta.

« Ces caisses paraissent prêtes à être emportées, dit-il. Elles sont en ordre et numérotées ; il doit y avoir une sortie par ici. »

Il prit la lampe électrique des mains de Claude et dirigea son rayon de tous les côtés. Il ne se trompait pas dans ses prévisions ; la lumière éclaira une porte de bois, grossière mais solide. Cette découverte fut saluée par des cris de joie.

« Exactement ce qu'il nous faut, déclara François ; je parie que cette porte s'ouvre sur un endroit désert, non loin d'une route qui permet aux camions de venir chercher les marchandises. Il y a sur le plateau des chemins où l'on ne rencontre jamais un chat.

— C'est formidable d'ingéniosité, dit Mick. Les denrées d'abord cachées dans une petite ferme d'aspect bien innocent, puis, au moyen d'un vieux train, transportées dans ces caves à l'abri des regards indiscrets, et enfin sorties par cette porte pour être vendues très loin d'ici.

— En rentrant du camp en pleine nuit, j'ai surpris Pierre qui fermait la grange ; je vous l'ai dit, n'est-ce pas ? s'écria Jacquot. Il ramenait le camion plein de marchandises volées, et le lendemain, il les a chargées sur le train fantôme. »

Pendant ce temps, François s'escrimait contre la porte.

« Zut ! Impossible d'ouvrir. Pourtant je pousse de toutes mes forces et je ne vois pas de serrure. »

Tous unirent leurs efforts aux siens sans le moindre résultat. La porte résista à toutes les tentatives de l'ébranler.

Rouges et haletants, les enfants durent s'avouer vaincus.

« Savez-vous ce que je pense ? dit Mick. La porte doit être bloquée par-dehors.

— En effet, approuva François. Et il faut qu'elle soit bien camouflée pour que personne ne la remarque. Les chauffeurs l'ouvrent de l'extérieur quand ils viennent prendre les marchandises et après, ils la referment et la dissimulent soigneusement.

— Il n'y a donc pas moyen de sortir, murmura Claude désappointée.

— J'en ai peur », répliqua François.

Claude poussa un gros soupir.

« Tu es fatiguée, ma vieille, demanda Michel, ou tu as faim ?

— Les deux, répondit Claude.

— Mais, j'y pense, nous avons des provisions, reprit François ; un des hommes m'a jeté mon sac à dos et nous n'avons pas encore goûté ; si nous prenions le temps de casser la croûte ? D'ailleurs nous n'avons rien de mieux à faire pour le moment.

— Mangeons ici, proposa Claude. Je suis incapable d'aller plus loin. »

Ils s'assirent autour d'une caisse qui leur servait de table et se partagèrent le pain, le chocolat et les prunes. Ce petit repas les réconforta, mais ils regrettaient de n'avoir rien à boire.

La pensée d'Annie tourmentait toujours François.

« Je me demande ce qu'elle fait, dit-il ; elle attendra pendant des heures, puis, peut-être, elle retournera au camp ; mais elle ne connaît pas très bien le chemin et elle pourrait se perdre. Oh ! mon Dieu, je ne sais pas ce qui serait le pire pour Annie... se perdre sur le plateau ou être prisonnière avec nous.

— Elle a peut-être trouvé son chemin », dit Jacquot en donnant à Dagobert la dernière bouchée de son morceau de pain. « Je suis rudement content que Dago soit ici. Tu sais, Claude, quand j'ai entendu l'aboiement de Dagobert et ta voix, j'ai cru rêver. »

Ils restèrent assis un moment, puis décidèrent de retourner du côté du train.

« Il est possible que nous trouvions le ressort qui ouvre le mur, dit François ; nous aurions dû déjà chercher, mais je n'y ai pas pensé. » Vu de près, le vieux train n'avait rien de surnaturel et paraissait plutôt comique. Les enfants donnèrent de nouveau la lumière et cherchèrent partout un levier ou un ressort, mais, à part le commutateur électrique, ils ne trouvèrent rien. Soudain Claude aperçut une grande manette tout à fait en bas du mur de briques ; elle essaya de la tourner et, n'y réussissant pas, elle appela François.

« François, viens voir, je me demande si c'est ce machin-là qui ouvre le mur. »

Les trois garçons rejoignirent Claude. François saisit la manette, mais elle ne se déplaça pas d'un centimètre ; Mick lui vint en aide. Soudain un bruyant cliquetis annonça qu'un mécanisme se déclenchait et, avec un grincement, un pan du mur s'ouvrit lentement. La voie était libre.

« Sésame, ouvre-toi, cria Mick.

— Éteignons l'électricité, ordonna François ; si un des hommes est resté dans le tunnel, il pourrait apercevoir la lumière et venir voir ce qui se passe. »

Il joignit le geste à la parole, et l'obscurité régna de nouveau autour d'eux. Claude montra le chemin avec sa lampe électrique.

« Venez, dit Mick avec impatience. Nous sortirons par la gare du Grand Chêne. »

Tous les quatre se mirent en route en s'efforçant de ne faire aucun bruit.

« Gardons le silence, dit François à voix basse ; n'attirons pas l'attention sur nous si un de ces bandits est encore dans le tunnel. Dieu veuille que nous ne fassions pas de mauvaises rencontres. »

Ils se turent donc et marchèrent à la file indienne.

Ils avaient parcouru environ deux cent cinquante mètres quand François s'arrêta net ; ceux qui le suivaient se heurtèrent les uns contre les autres, et Dagobert poussa un petit gémissement, car Jacquot lui avait marché sur la patte. La main de Claude saisit aussitôt son collier. Tous les quatre, et Dagobert lui-même, retinrent leur respiration. Quelqu'un s'avançait vers eux ; ils voyaient un point lumineux et entendaient un bruit de pas.

« Demi-tour, vite ! » chuchota François.

Et ils obéirent aussitôt, Jacquot en tête, et retournèrent au carrefour ; peut-être auraient-ils

175

le temps d'atteindre la vallée des Peupliers. Mais, hélas, leurs espoirs furent déçus ! Une lanterne brillait à quelque distance, et ils n'osèrent aller plus loin, car ils ignoraient si un de leurs ennemis n'était pas à côté de la lanterne.

« Ils verront que le mur est ouvert, dit Mick brusquement, nous ne l'avons pas refermé ; ils s'apercevront que nous nous sommes échappés, et nous serons repris ; ils se mettront à notre recherche et n'auront pas besoin d'aller très loin... »

Ils restèrent immobiles, serrés les uns contre les autres. Dagobert grondait tout bas. Claude eut une inspiration.

« François, Mick ! Et le trou d'aération par où le pauvre Dago a dégringolé ? Essayons de sortir de là. Avons-nous le temps ?

— Où est-il ? demanda François. Vite, retrouve-le, Claude. »

La fillette chercha à rassembler ses souvenirs. Oui, le trou d'aération était à l'autre extrémité du tunnel, à peu de distance de la bifurcation ; le tas de suie servirait de point de repère. Elle espérait bien que la faible clarté de sa lampe électrique passerait inaperçue. L'homme, qui venait de la gare du Grand Chêne, ne devait plus être loin.

Elle reconnut enfin le tas de suie sur lequel Dagobert était tombé.

« Voilà, chuchota-t-elle, mais François, comment pourrons-nous hisser Dago là-haut ?

— Impossible, répondit François. N'aie pas peur ; il parviendra à s'esquiver ; c'est un malin, tu sais. »

Il poussa Claude en avant. La fillette, à tâtons, retrouva les premiers échelons ; puis Jacquot

monta, le nez presque sur les talons de Claude ;
Mick les suivit. C'était maintenant le tour de
François, mais un événement l'immobilisa.

Une brillante clarté remplit le tunnel ;
quelqu'un avait tourné le commutateur électrique. Dagobert se tapit dans un coin et grogna.
Un cri retentit :

« Qui a ouvert le mur ? Il est ouvert. Qui est
là ? »

C'était la voix de M. André ; une autre voix lui
succéda, sonore et irritée :

« Qui est là ? Qui a ouvert le mur ?

— Ces gamins n'ont pas pu toucher le levier,
dit M. André, ils étaient ligotés... »

Les hommes, qui étaient au nombre de trois,
s'élancèrent dans la cavité ; François gravit les
premiers échelons ; le pauvre Dagobert restait
seul dans l'obscurité.

Les hommes ressortirent en courant.

« Ils sont partis ! Ils ont coupé leurs cordes.
Comment ont-ils pu s'enfuir ? Albert monte la
garde du côté de la vallée des Peupliers et nous,
nous étions à l'entrée de la gare du Grand Chêne.
Ces gosses ne sont sûrement pas loin.

— À moins qu'ils ne se cachent dans les caves.
Pierre, va voir... »

Les hommes cherchèrent partout ; ils ignoraient l'existence du trou d'aération et ne virent
pas le chien tapi dans l'ombre. Claude avait
dépassé les échelons et mettait les pieds sur les
tiges de fer quand, brusquement, elle s'arrêta ; sa
tête avait rencontré un obstacle. Qu'était-ce ?
Elle leva la main. Le grillage de fer qu'elle avait
déplacé quelques heures plus tôt en descendant
obstruait l'ouverture. Claude ne pouvait monter

plus haut ; elle essaya d'écarter le grillage, mais il était trop lourd. Et elle craignait de le faire tomber sur sa tête et celle de ses compagnons ; tous auraient été grièvement blessés.

« Qu'y a-t-il, Claude ? Pourquoi ne continues-tu pas ? demanda Jacquot qui était derrière elle.

— Un grillage m'en empêche, répondit Claude. Je l'ai déplacé en descendant et il est coincé dans l'ouverture. Je n'ose pas tirer trop fort dessus et je ne peux pas monter plus haut. »

Jacquot répéta le message à Michel qui le transmit à François ; tous les quatre étaient immobilisés.

« Zut ! s'écria François ; dommage que je ne sois pas monté le premier. Qu'allons-nous faire maintenant ? »

Que faire, en effet ? Juchés sur les échelons et les tiges de fer dans les ténèbres qui sentaient la suie, les enfants se trouvaient dans une situation critique.

« Que dis-tu des aventures, Jacquot ? demanda Michel. Je parie que tu aimerais mieux être chez toi.

— Pour sûr que non, protesta Jacquot. C'est palpitant ! Pour rien au monde, je ne voudrais avoir manqué ça ! »

Chapitre 19

Quelle aventure !

Et Annie, qu'était-elle devenue ? Longtemps elle avait couru en trébuchant et en appelant M. Clément. Le professeur lisait devant sa tente, mais, à la tombée de la nuit, il fut inquiet de l'absence prolongée des cinq enfants. Sûrement un accident était arrivé. Livré à ses propres ressources, il avait peu d'espoir de les retrouver. Il décida donc de monter dans sa voiture et d'aller chercher de l'aide à la ferme. Mais Mme André, elle-même soucieuse et angoissée, était seule avec sa jeune bonne. Dès que la voiture s'arrêta, elle accourut et M. Clément se présenta.

« Je suis bien contente de vous voir, s'écriat-elle. Je ne sais pas ce qui se passe. Tous les

179

hommes sont partis avec des camions ; mon mari a pris la voiture ; personne ne m'a rien dit. Ce n'est pas normal. Je meurs d'inquiétude. »

M. Clément décida de ne pas ajouter à ses tourments en lui disant que les enfants n'étaient pas rentrés et feignit d'être venu chercher du lait.

« Ne vous tracassez pas, dit-il à Mme André, vous verrez que tout s'expliquera ; je reviendrai vous voir demain ; maintenant il faut que je parte vite, je suis très pressé. »

Il appuya sur l'accélérateur, intrigué et mal à l'aise. M. André lui déplaisait, et l'histoire des trains fantômes lui paraissait louche. La ferme, il le soupçonnait, était le centre d'activités suspectes. Pourvu que les enfants ne fussent pas mêlés à une affaire dangereuse !

« Il faut avertir les gendarmes, pensa-t-il ; après tout, je suis plus ou moins responsable de toute la bande ; c'est vraiment très inquiétant. »

À la gendarmerie, il raconta ce qu'il savait, et le capitaine, qui avait l'air énergique et intelligent, mit à sa disposition six hommes et une voiture.

« Il faut d'abord trouver ces gosses, dit-il, puis nous irons voir ce qui se passe à la ferme et nous éclaircirons le mystère des trains fantômes. Une puissante organisation de voleurs opère dans la région, mais nous n'avons pu encore faire aucune arrestation. D'abord il faut s'occuper des enfants. »

Ils furent bientôt sur le plateau et commencèrent les recherches, guidés par M. Clément. Ils ne tardèrent pas à trouver Annie ; elle courait toujours en appelant M. Clément d'une voix de plus en plus faible ; quand une réponse lui arriva dans l'obscurité, elle pleura de joie.

« Oh ! monsieur Clément, allez au secours des garçons, supplia-t-elle, ils sont dans le tunnel et ont été surpris par M. André et ses hommes, j'en suis sûre ; ils ne sont pas sortis et j'ai pourtant attendu très longtemps. Je vous en prie, venez.

— J'ai des amis ici qui vont nous aider », répondit M. Clément.

Il appela les gendarmes et, en quelques mots, les mit au courant.

« Dans le tunnel, dit l'un d'eux, le tunnel où roulent des trains fantômes ? Venez, les gars, descendons là-bas.

— Rentrez au camp, Annie », conseilla M. Clément.

Mais la fillette refusa catégoriquement ; il lui prit le bras pour l'aider à marcher, et la petite troupe se dirigea vers la gare du Grand Chêne.

Sans s'arrêter pour parlementer avec le vieux Thomas, les gendarmes s'engagèrent dans le tunnel. M. Clément les suivait de loin avec Annie qui ne voulait pas attendre leur retour dans la gare.

« Non, protesta-t-elle, je ne suis pas une froussarde, certainement non. Je veux aller au secours des garçons. Quel malheur que Claude ne soit pas ici. Où est-elle ? »

M. Clément n'en avait pas la moindre idée. Annie se cramponnait à lui, effrayée, mais désireuse de se montrer à la hauteur des circonstances. M. Clément jugeait que son courage allait jusqu'à l'héroïsme.

Pendant ce temps, François et ses compagnons étaient toujours à la même place, épuisés et malheureux. Les hommes avaient cherché en vain dans les caves et maintenant exploraient les niches de chaque côté du tunnel.

Le trou d'aération ne pouvait échapper long-temps à leurs regards. L'un d'eux leva sa lampe électrique et aperçut les pieds du pauvre Fran-çois. L'homme poussa un cri et, dans sa frayeur, François faillit perdre l'équilibre.

« Les voici ! Dans un trou d'aération ! En voilà un drôle d'endroit. Descendez tout de suite ou vous vous en repentirez. »

François ne bougea pas. Claude tira désespé-rément sur le grillage sans parvenir à l'ébranler. L'un des hommes gravit quelques échelons, sai-sit les deux pieds de François et le secoua violem-ment. Le jeune garçon, cramponné aux tiges de fer, résista quelques instants ; mais le poids de son corps était trop lourd pour ses bras fatigués ; ses doigts s'ouvrirent, et il roula sur le tas de suie ; un autre homme sauta immédiatement sur lui, tandis que le premier montait plus haut et empoignait les pieds d'un autre enfant.

« Ça va, ça va, je descends », se hâta de crier Mick. Jacquot descendit aussi ; les hommes les regardèrent avec colère.

« Qui a coupé vos cordes ? » demanda M. André.

Un des hommes lui mit la main sur le bras et lui montra le trou d'aération.

« En voici un autre ; nous avons ligoté trois garçons, n'est-ce pas ? Il y en a pourtant un qua-trième. »

C'était Claude qui voulait partager le sort de ses amis et se hâtait de quitter son refuge ; elle parut, noire de suie.

« Encore un garçon, dirent les hommes. D'où sort-il, celui-là ?

— Il n'y a plus personne là-haut ? cria M. André.

— Allez-y voir », répondit François, et sa réponse lui valut une gifle.

« Il faut leur donner une bonne leçon, déclara Pierre. Les petits chenapans, ça leur apprendra... emmenez-les. »

Les enfants sentirent le cœur leur manquer. Ils étaient de nouveau prisonniers ; les hommes les empoignaient déjà... Soudain un cri retentit à l'extrémité du tunnel. « Les gendarmes... Sauve qui peut ! » Les hommes lâchèrent aussitôt les enfants et hésitèrent un moment. Un de leurs camarades arrivait en courant :

« Les gendarmes ! cria-t-il. Êtes-vous sourds ? Ils sont très nombreux ; sauvez-vous ; quelqu'un a vendu la mèche...

— Filons par la gare de la vallée des Peupliers, cria Pierre ; nous trouverons des voitures là-bas ; courons. » À la grande consternation des enfants, les hommes se mirent à courir ; ils auraient le temps de s'enfuir. Déjà le bruit de leurs pas précipités devenait moins distinct. Mais Claude eut une idée. « Dagobert, où es-tu ? Poursuis-les, Dago ; arrête-les. » Une ombre surgit d'un coin noir. Dagobert avait entendu l'ordre de Claude et, haletant, la langue pendante, filait comme une flèche.

Ces bandits avaient maltraité sa petite maîtresse ; eh bien, ils ne l'emporteraient pas en paradis !

Les gendarmes arrivaient au pas de course, et

M. Clément les suivait plus lentement avec Annie.

« Ils sont passés par là et Dagobert est à leurs trousses », cria Claude.

Les nouveaux venus la regardèrent et poussèrent une exclamation. Elle ressemblait à une négresse ; les autres, la figure noircie par la suie, n'avaient pas meilleure apparence.

« Claude ! cria Annie au comble du bonheur ; François ! Oh ! vous êtes tous sains et saufs. Je suis allée chercher M. Clément et je me suis perdue ; j'ai eu si honte de moi...

— Allons donc, Annie, soyez fière, au contraire, protesta M. Clément. Vous êtes très courageuse... comme un lion. »

De l'extrémité du tunnel venaient des cris et des aboiements. Dagobert était à l'œuvre ; il avait

184

rejoint les hommes, les attaquait l'un après l'autre, et les faisait rouler par terre. Terrifiés, ils n'osaient plus bouger, car chaque fois qu'ils esquissaient un geste, le chien grondait et montrait des dents menaçantes.

Les gendarmes accoururent. Dagobert aboya plus fort, comme pour revendiquer l'honneur de la capture.

Toute résistance était impossible, les voleurs renoncèrent à lutter et eurent bientôt les menottes aux poignets.

M. André se répandit en lamentations. Jacquot en avait honte pour lui.

« Taisez-vous, dit un gendarme. Vous n'avez pas volé ce qui vous arrive. Et vous serez à votre place derrière les verrous. Les prisons ne sont pas faites pour les chiens. »

Dagobert aboya comme pour approuver ; un honnête chien comme lui ne méritait pas la prison.

« Je n'ai jamais vu des enfants aussi sales, déclara M. Clément. Vite, retournons à la voiture ; je vous conduirai à la ferme, et vous pourrez prendre un bain et manger quelque chose de chaud. »

Tous partirent donc, fatigués, sales, mais heureux de se sentir libres.

Que d'événements ! Ils relatèrent à Annie toutes les péripéties des dernières heures, et elle leur décrivit ses inquiétudes. Dans la voiture, la fillette, brisée d'émotions, ne tarda pas à s'assoupir.

Mme André fut bouleversée d'apprendre l'arrestation de son mari. Mais elle était dévouée et courageuse et elle surmonta son chagrin pour s'occuper des enfants, faire chauffer l'eau des bains et préparer un repas.

« Ne vous tourmentez pas trop, madame André, dit le bon M. Clément ; votre mari n'est pas le chef de la bande ; sa condamnation sera légère. Elle lui servira de leçon, et il se tiendra tranquille à l'avenir. La ferme vous appartient ; vous pourrez la diriger à votre gré, et je crois que Jacquot y sera plus heureux pour le moment sans son beau-père.

— Vous avez raison, monsieur Clément, dit Mme André en s'essuyant les yeux, tout à fait raison. Jacquot sera ma consolation. Dire que mon mari faisait partie d'une organisation de voleurs ! Il s'est laissé entraîner ; il est si faible. Il savait que Jacquot rôdait autour de ce tunnel et c'est pour cela qu'il voulait l'envoyer chez sa sœur. Je sentais bien que sa conduite n'était pas normale.

— Je m'explique maintenant sa contrariété en découvrant que Jacquot avait décidé de camper avec ses amis, dit M. Clément.

— Qui aurait cru que cette gare et ce tunnel servaient de nouveau, s'écria Mme André. Et toutes ces histoires de trains fantômes ! Et cette cachette pour les marchandises volées, c'est à n'y pas croire ! »

Elle monta dans la salle de bain pour voir si l'eau était chaude ; puis elle appela les enfants qui attendaient dans la pièce à côté. Ne recevant pas de réponse, elle ouvrit la porte et alla chercher M. Clément. Il s'arrêta sur le seuil de la porte. Les cinq enfants et Dagobert s'étaient installés par terre en attendant le bain, car ils se trouvaient trop sales pour s'asseoir sur les chaises ou sur le lit, et ils dormaient appuyés les

uns contre les autres, noirs comme des ramo-
neurs.

Ils s'éveillèrent, prirent leur bain et firent un
bon repas ; puis M. Clément les ramena au camp.
Mme André avait permis à Jacquot de les accompagner. Comme on était bien dans les sacs de
couchage ! Claude héla les trois garçons :

« Gare à vous si vous partez cette nuit sans me
prévenir.

— L'aventure est finie, cria Mick. Est-ce qu'elle
t'a plu, Jacquot ?

— Je crois bien, répondit Jacquot avec un soupir de bonheur. C'était formidable ! »

Table

1. Vacances ! 5
2. Le campement 15
3. Le volcan d'Annie.................... 25
4. Les trains fantômes 33
5. Le retour au camp 42
6. La journée à la ferme............. 52
7. M. André fait son apparition.................. 61
8. Une soirée de paresse 71
9. Un visiteur nocturne................ 81
10. À la recherche d'un train fantôme 91
11. Où il est surtout question de Jacquot.... 101
12. Claude se met en colère.................. 111
13. François et Mick font une escapade 121
14. Jacquot devient campeur 131
15. Claude a ses propres aventures............ 141
16. Les garçons retournent dans le tunnel .. 151
17. Nouvelles surprises.................. 161
18. L'évasion 171
19. Quelle aventure ! 179

Dans la même collection…

Mademoiselle Wiz,
une sorcière particulière.

Mini, une petite fille
pleine de vie !

Fantômette,
l'intrépide
justicière.

Avec le Club des Cinq,
l'aventure est toujours
au rendez-vous.